鉞《まさかり》ばばあと孫娘貸金始末

千野隆司

集英社文庫

目次

鉞《まさかり》ばばあと孫娘貸金始末

第一話

合切袋の代金

一

枯葉交じりの北風が、神田明神《かんだみようじん》の境内を吹き抜けた。鳥居の前の参道を歩いていたお鈴《すず》は、その冷たさに背筋を震わせた。昼四つ（午前十時）になって日は高くなり、商家の藍暖簾《あいのれん》を照らしているが、風の冷たさは変わらない。

鳥居が見えるところに来たら、参拝をしたくなる。二、三文の賽銭《さいせん》を入れて拝むと、気持ちがすっきりした。

参道や境内には、露店が軒を並べている。売られているのはへぎ盆や鏡餅の台、三方《さんぼう》や門松、縄、橙《だいだい》、羽子板、つく羽根といった品から、餅焼きの網、灰ふるい、火箸といった勝手で使う品々、箒《ほうき》や塵取《ちりと》り、暦といったものまで売られている。

「正月も迫ったよ。足りないものがあったら、今のうちに調えておきな」

ねじり鉢巻きに法被《はっぴ》姿の若い衆が、威勢のいい掛け声を上げていた。風の冷たさなど気にならないようだ。

見るだけの者もいるが、買ったたくさんの品を抱えた女房や真剣に品選びをしている隠居ふうもいた。次から次へと老若の男女がやって来る。

　この日は十二月二十日で、神田明神の歳《とし》の市《いち》だった。江戸では十四、十五日の深川富《ふかがわとみ》岡八幡宮《おかはちまんぐう》の市から始まり、続いて江戸の各地で行われている。正月を前に町は活気づいて、一年の終わりを感じさせた。

　忙《せわ》しない気持ちになる。

　神田松枝町《まつえだちょう》に住むお鈴は、これから明神下の小間物屋へ向かう。筆と墨を入れた古い合切袋《がっさいぶくろ》を手にしていた。何度も洗っているので色が褪《あ》せ、隅が解《ほつ》れかけている。それでも何でも入れられて便利だから、長く使っていた。

「人目につくものをお願いしますよ」

　お鈴が挨拶をすると、中年の小太りの主人が言った。店の腰高障子の紙が、すでに新しく張り替えられていた。小槌《こづち》屋という屋号で、間口は二間半。大店《おおだな》とはいえないが、店に並べられた品は豊富だった。

　櫛《くし》や笄《こうがい》、簪《かんざし》といった髪飾りや白粉《おしろい》、紅をはじめ、塗り物の器や箱物、剃刀《かみそり》や楊枝《ようじ》、刃物、こまごまとした日用品が並べられている。

　腰高障子を外して、地べたに置く。図柄については、道々歩きながら考えてきた。お鈴の仕事は看板描きだ。向き合うのはおおむね障子だが、提灯《ちょうちん》も請け負う。紙の他に、木看板に描く場合もあった。

とはいえ、屋号を記すだけではない。文字は自分ではへたくそだと思っている。読み書きは学んだが、書の師匠についたことはなかった。

「上手とは言えないが、味のある字だねえ」

とは言われる。

お鈴が求められて描くのは、屋号に添える絵だ。瓢簞《ひょうたん》やひょっとこ、飛び跳ねる蛙《かえる》など、どちらかといえばひょうきんなものだ。墨一色で、太筆や細筆など何本もの筆を使い分ける。

筆に墨をつけると、左下あたりに小槌《こづち》を書いた。釘《くぎ》などを打つ部分が大きくて、打ち出の小槌といったところだ。

さらに櫛や簪、剃刀や楊枝など商われている品を書いた。そのままにではない。珠《たま》簪《かんざし》には、目鼻と口をつけた。にっこり笑っている。柄の部分は飛んでいるように、いく分曲げた。花櫛は多少捩《ねじ》れて、勢いがついているように工夫した。剃刀は、怒った顔にした。

小槌から、様々な品が飛び出したように描いたのである。

「おや」

描いているうちに、通りかかった人が立ち止まった。気にせずに書き続けた。最後に背を丸めてため息を吐《つ》く楊枝を描いて終わりにした。

体を屈《かが》めていたので、腰が少し痛かった。後ろから、声がかかった。

「なかなか洒落《しゃれ》ているじゃねえか」

見物していたらしい職人ふうが、声をかけてきた。

「まったくだ。これならば繁盛するよ」

歳の市で買った品を両手に抱えた老婆だ。

「そうですか」

褒められてお鈴は嬉《うれ》しかった。店の主人も喜んでくれて、ほっとした。手間賃は百文だった。

飛び上がりたいほど嬉しかった。日雇い人足の手間賃は、一日で二百文からよくても三百文だ。それが半刻《はんとき》（約一時間）足らずで、半分近くを手にしたことになる。

十六歳の娘が稼げる額ではなかった。これなら一人暮らしもできるぞと思うが、そううまくはいかない。いつも決まったように仕事を貰《もら》えるわけではなかった。依頼もせいぜい十日に二、三度といったところだ。

お鈴は、金貸しをしている祖母のお絹《きぬ》と二人で暮らしている。

父足助《あすけ》と母お静《しず》は、九年前の火事で亡くなった。両親は芝大門《しばだいもん》前の通りで、屋台のこわ飯屋を営んでいた。兄弟はなかった。

それで母方の祖母お絹に引き取られたのである。

お静とお絹は母娘《おやこ》でも、不仲だった。お絹が足助と所帯を持つことに反対したため、お静が出て行ってしまったからだ。

「屋台を引く小商人《こあきんど》の女房になるなんて、気が知れない。どうせなら、大店の女房におなり」

お絹はお静にそう告げたとか。その日のうちに、足助と相愛だったお静は黙って家を出た。以来訪ね合うこともなかった。

だからお鈴がお絹に初めて会ったのは、両親の葬儀のときだ。行き場所のない孫娘を、お絹は渋々といった顔で引き取った。

七歳で炊事などの家事を押しつけられた。利息の取り立ても、十歳になったときにはやらされていた。今もやらされている。

「あんた、食べさしてやってんだからね」

が口癖だった。そして続ける。

「それにしても、あんたは、いつまでたっても半人前だねえ」

悔しい気持ちで、その言葉を聞く。

「今に見ていろ。一人前だと、言わせてみせる」

胸の内で呟《つぶや》いた。今はまだどうにもならないが、いつか看板書きで、一人でも食べられるようになってやる……。

看板書きは小遣い稼ぎのつもりで始めたが、少しずつとはいえ口伝えに広がって、注文を貰えるようになった。

「紙を張り替えたら、また頼むよ」

と告げられて、はずむ気持ちで帰路についた。

主人の言葉をお絹に伝えたいが、それはまだできない。今言っても、どうせ厳しい言葉が返ってくるだけだ。ああ言えばこう言うで、相手を打ち負かす。お鈴にだけではない。町の者に対してもだ。

当面、歯向かえる相手ではなかった。

ただお絹は、食費だけは惜しまずにくれた。二人で向かい合って、同じものを食べた。違うのは、晩酌の二合の酒だけだった。お絹は食道楽といっていい。だからお鈴は、江戸前の旬《しゅん》の魚や高価な玉子なども口にすることができた。

「高いんだからね、残さずにお食べ」

とやられる。ひもじい思いや寒い思いは、引き取られてから一度もしたことがなかった。冬になれば、綿入れを買ってくれた。

人ごみを分けて歩き、昌平橋《しょうへいばし》を南に渡って八《や》ツ小路《こうじ》の広場に出た。ここも人で賑《にぎ》わっていた。屋台店や大道芸人が出ている。

「おやっ」

人が行き交うその先に、見覚えのある顔があった。幼馴染《おさななじみ》の豆次郎《まめじろう》である。

困りごとでもあるかのように、肩をすぼませ前屈みになって歩いている。いつものことだが、しゃきっとしたところがなかった。

豆次郎は、お鈴が暮らす神田松枝町の隣、小泉町《こいずみちょう》に住まう錠前職の親方甚五郎《じんごろう》の跡取りだ。九年前、お鈴が親を亡くした同じ火事で、豆次郎も両親を亡くした。子どものいない、甚五郎とお玉《たま》の夫婦に貰われた。

通りを隔てただけで近所だし、幼馴染でもあったから親しい付き合いをしていた。

手先は器用らしいが、気が弱くて臆病だ。自分に自信がないからへまをして、叱られてばかりいる。

「私は、職人には向いていないのかもしれない」

と漏らしたことがある。しかし甚五郎夫婦に貰われた以上、錠前職を継ぐしかない。

どうせ今日も、何かしくじりをして叱られたのに違いなかった。

声をかけようとしたところで、豆次郎は前に現れた破落戸《ごろつき》ふうとぶつかった。体がぐらついた。相手は、わざと向こうからぶつかってきたのである。見ていたお鈴には、よく分かった。

「おい、どうしてくれるんでえ」

さっそく絡まれた豆次郎。凄味《すごみ》を利かせた声だ。明らかに相手が悪いのだが、へらへらしながら頭を下げて謝った。

「何だよいくじなし。自分でもぶつかってきたのは相手だと分かっているじゃないか」

苛立《いらだ》ちの声が、口から漏れた。

「頭を下げるだけじゃ済まねえ。それなりの挨拶をしなくては、済まねえんじゃねえか」

そう言って豆次郎に詰め寄る男は、いかにも卑し気な顔だ。薄笑いさえ浮かべている。

豆次郎は、懐に手を入れた。銭を渡すつもりらしいが、それを見てお鈴は、我慢がならなくなった。

「いい加減にしな」

声を上げて駆け寄った。女らしくないが、ここは仕方がない。そして破落戸ふうに啖《たん》呵《か》を切った。

「わざとぶつかったのは、おまえの方じゃないか。あたしは見てたよ」

「なんだと、このあま」

破落戸は袖をまくり上げた。女だと思って舐《な》めている。

「やめろよ。やめた方が」

気弱な声で、豆次郎はお鈴に言う。

「そうだ。謝るならば、今のうちだ」

破落戸は居丈高に言った。

「ふん」

怒りは収まらない。謝る理由はなかった。

「だからあんたは、駄目なんだ」

豆次郎を叱りつけた。何があっても、すぐに謝ってしまう。

「黙りやがれ」

破落戸が、お鈴の肩を摑《つか》んだ。それはするりと避《よ》けて、半間（約一メートル）ほど離れて立った。そして叫んだ。

「破落戸が、あたしの銭を盗《と》ろうとしているよ」

大きな声を出した。それで通り過ぎる者が振り向いた。

「十手《じって》持ちの親分さん、こっちこっち」

続けて大げさに手を振った。

それで破落戸は慌てた。岡っ引きがいるのかと、あたりを見回した。

「逃げるよ」

お鈴はその間を逃さない。袖を引っ張り、二人で駆けた。騒ぎは起こしたくない。

破落戸は、追ってはこなかった。走るのを止《や》めたところで、お鈴は豆次郎に怒りをぶつける。

「銭なんか出さなくていいのに。あんたが間抜けだから」

「すまねえなあ。でもちょっとやりすぎだよ。女なんだからさ」

「何だって」

女だからと言われると腹が立つ。

「ごめんごめん」

また謝った。それも気に入らない。


神田松枝町の家は、百坪ほどの、表通りのしもた屋だ。お鈴が引き取られてくる前に、返済できなかった者からお絹が取り上げたと聞いている。

茶の間には客が来ていて、お絹が相手をしていた。中年の商家の主人ふうが頭を下げている。

お鈴は隣の部屋で、襖《ふすま》を細く開けて様子を窺《うかが》った。

「何としても、お返しする四両ができません。何とか返済期日を延ばしていただけないでしょうか」

客はおどおどしながら、両手を突き畳に額をこすりつけた。

「若狭屋《わかさや》さん、あたしゃ金貸しだからね。頼まれりゃあ、いくらだって貸すよ。でもね、貸すときに言っただろ」

お絹は目鼻立ちが整っていて、若い頃は器量よしだったと思わせる。けれども今見せている顔は、般若《はんにゃ》そのものだ。

「はあ」

「お足はあたしの命だから、覚悟を持ってお借りと言ったじゃないか。返せなくなったら、他のもので返してもらうよ」

「………」

「あんたには、家も娘もあったね。どっちか売れば、済むことじゃないか」

ここで猫撫《ねこな》で声を出した。相手は背筋を震わせた。

「いや、それは」

「日延べなんて、金輪際しないよ」

決めつけるように言った。そして床の間にある袋を手に取った。中から、ぴかぴかに磨かれた鉞《まさかり》を取り出した。口元に嗤《わら》いを浮かべている。

客はびくりと体を震わせた。

「あたしゃ命懸けで金を貸している。あんただって、命懸けで返してもらわないとねえ」

「まあ、その」

「金を借りた以上は、それだけの覚悟をおし。甘えちゃあいけないよ」

若狭屋は、生唾を呑《の》み込んだ。お絹が初めて金を貸す相手には、銕を手にしながら必ず口にする言葉だ。

「は、はあ」

強張《こわば》る表情で改めて頭を下げると、しおしおと引き上げて行った。

お絹の銕は、返済を滞らせたり日延べを願ってきたりした者に見せる。脅しではない。本気で刃先を打ち付けてくる。

だから『銕ばばあ』と呼ばれて怖れられた。

銕は、毎日のように砥石《といし》で磨いている。顔が映るくらいだ。目にするたびにぞっとするから、そういうときは近寄らない。

「お転婆って言われるけど、あたしなんて可愛《かわい》いものだよ」

お鈴はため息を吐いた。

二

若狭屋の女房おときは、娘お仲《なか》と茂太《しげた》を連れて神田明神の歳の市へ行った。

この三月余り、家の中は沈んでいた。借金の返済に追われていたからだ。無事に年を越せるかどうか分からない。借金をして借金を返していた。

銕ばばあと綽名《あだな》されているお絹からも、借りなくてはならない破目に陥った。非情な金貸しだと言われていたから、できれば借りたくなかった。けれどもどうにもならず、亭主の茂兵衛《もへえ》は敷居を跨《また》いだのである。

若狭屋は、柳原岩井町《やなぎわらいわいちょう》で袋物を商っていた。商いはまずまずだったが、一昨年亡くなった先代が病がちだったために、金のゆとりがなくなった。

苦境を乗り切ろうとして、新たな図柄の袋物を大量に仕入れたが、これが売れず在庫の山となった。

品質は悪くないから、ときをかければ売れるかもしれないが、仕入れた品の代は、期日がくれば払わなくてはならなかった。借金をして凌《しの》いだが、その返済時期は瞬く間にやってきた。

他の金貸しに当たったが、貸し渋られた。お絹だけが、あっさりと貸してくれた。半年前のことだ。

返済日を十二月二十五日として、二十一両を月利五分で借りた。返済額は、二十七両と千二百文だ。担保は店の建物で、土地は借りていた。

おときにしたら、歳の市どころではなかった。迫ってくる返済日に、びくびくしていた。

茂兵衛は、今日も朝から金策に出ていた。そして戻って来ると言った。

「お仲と茂太を連れて、歳の市へ行って来たらいい」

「何を言っているんだい。それどころじゃないよ」

おときは返したが、茂兵衛は言った。

「なあにもう少しで返済額になる。案じることはない。借りるめどはついているから」

「そうならば、いいんだけど」

茂兵衛は苦難を一人で抱えることが多い。心配させまいとする気持ちは分かるが、おときにはそれが不安の種になった。

「二十八両の返済のうち、二十四両までできたから」

「本当にそうなら、いいけれど」

おときは気に病む質《たち》なので、茂兵衛はわざと安心させるようなことを口にするときもあった。

「例年のことだから、ちゃんとお参りもして」

と告げられると、断り切れなかった。それどころではないのではないか。返済できなければ、店を手放さなくてはならないから、借用証文を取り戻すまでおときの不安は消えない。

それでも歳の市へ行って来いと勧められて、子どもたちと出向くことにした。気晴らしをしてこいという茂兵衛の優しさだと受け取った。

家で縮こまっていても始まらない。七歳のお仲と五歳の茂太は嬉しそうだった。家に閉じこもってなど、いたくない年頃だ。

「無事に正月を迎えられますように」

おときは両手を合わせた。神様にでも縋《すが》りたい気持ちだった。それから屋台店を、冷やかして歩いた。

そしてそろそろ夕暮れどきという頃になって、岩井町の店に戻った。店には手代と小僧が一人ずついた。

前はもっと奉公人がいたが、店が傾き始めてから減らしてきた。

手代は集金に出ていて、小僧は店番をしていた。帳場にいるはずの茂兵衛の姿が見えなかった。

胸騒ぎがしたおときは、奥の部屋へ駆け込んだ。

「わああっ」

茂兵衛が梁《はり》に縄をかけ首を括《くく》っている姿を目にして、おときは悲鳴を上げた。体が小さく揺れている。悲鳴に驚いた小僧や子どもたちが駆け込んできた。

すぐには誰も動けない。口をぱくぱくさせるばかり。

「こういう時は、あたしがしっかりしなくては」

呟いてから、茂兵衛の体に恐る恐る手を触れた。まだ、温かい。

「あんた」

おときは無我夢中で台所から出刃包丁を持って来て、倒された踏み台に乗って、首を吊《つ》るしている帯を切った。どさりと体が落ちた。

小僧を、医者を呼びに走らせた。お仲には、自身番へ知らせに行かせた。

倉蔵《くらぞう》は、小泉町の田楽屋うさぎ屋の板場で豆腐の田楽を焼いていた。豆腐だけでなく、里芋や茄子《なす》、こんにゃくなどを串に刺した。味噌《みそ》に砂糖や味醂《みりん》を加え、柚子《ゆず》や木の芽などで香りをつける。焦げる寸前に取り上げるときのにおいがたまらない。

店は開けたばかりで、客はまだ一人しかいなかった。

店の腰高障子には、屋号とひょうきんなうさぎの絵が描かれている。跳んだり転がったり、田楽を食べているうさぎもいた。

昼間は小泉町周辺の町を縄張りにする岡っ引きだが、夕方になれば、女房おトヨと田楽屋を営む。

倉蔵は五十七歳で、おトヨとは一回り以上歳が離れていた。いつも難しい顔をしているると言われるが、夫婦仲は悪くないと自分では思っていた。子どもはいない。店が忙しいときに御用で抜け出すと、後でこっぴどく叱られる。

そこへ岩井町の自身番から、若い衆が駆け込んできた。血相を変えている。

「どうした」

「若狭屋の茂兵衛さんが、首を括りました」

「ほう」

町の旦那衆の一人だから、知らない者ではない。ただ首を括るとは、思いがけなかった。

商いが傾きかけていたのは気づいていたが、そこまで追い詰められていたとは考えもしなかった。

「死んだのか」

「あっしが向こうを出るときには、生きていたようで」

ともあれ急いだ。人の生き死にに関することならば、おトヨは文句を言わない。しかし倉蔵が若狭屋へ着いたときには、茂兵衛は事切れていた。

「無念だな」

死に顔を見ながら呟いた。北町奉行所定町廻《じょうまちまわ》り同心の須黒伊佐兵衛《すぐろいさべえ》にも知らせを出した。倉蔵が手札を受けている旦那だ。

「もう少し早くに帰っていれば、止められたのに」

おときが泣きじゃくりながら言った。子どもたちも、亡骸《なきがら》の傍《そば》で泣いている。

倉蔵はまず、集金から戻って来ていた手代から聞き込みを始めた。自死ならば、出る幕はない。しかし首括りに見せて、人殺しをする者もいる。

「首を括ったわけについて、思い当たることはないか」

「借金があって、返済期限が迫っているとは伺っていました」

泣いてはいないが、蒼《あお》ざめた顔で手代は答えた。

「返せなくて、世を儚《はかな》んだわけか」

「そうかもしれませんが、返す目途ができたという話も聞いていました」

親類から借りたり、掛売の代金が入ったりといったことらしい。ただ具体的なことは、知らされていなかった。

「返せるならば、首を括る必要はないな」

茂兵衛は、商いがうまくいかずめげていたとしても、自ら首を括るような人物ではない気がした。商人らしく、最後まであれこれ手を打つのではないか。

ただ外からは窺えない秘密が潜んでいることはある。

「借りた金高は」

「およそ二十七両を、二十五日までに返すと聞いています」

返せない場合は、店舗を売ってその代金で返済をする約定になっているとか。

「厳しいな」

「旦那さんは、返せると踏んで借りたんだと思います」

借りた事情を聞いた。

「で、貸したのは誰かね」

「神田松枝町のお絹さんです」

「そうかい」

息を吞んだ。そして倉蔵は、嫌な気分になった。金貸しのお絹は、倉蔵の実姉だったからだ。

三

それから倉蔵は、死体を検《あらた》めた。帯はすでに首から外されている。首には帯の跡が残っていたが幅広で、聞くとご丁寧に二重に巻き付けてあったとか。

「自分で、ここまでするか」

と疑問に思った。普通なら、輪にしたところに首をかけるだけだ。よく見ると、帯のものとは思えないような跡も首にあった。

「使った帯は、今日締めていたものか」

「違う、と思います」

手代は自信なさそうだったので、おときにも確かめた。

「それは」

すぐには答えられなかった。動揺がまだ収まっていない。部屋の隅にあった帯を手に取った。

「今日、締めていたものではありません」

遺体は帯をつけていた。見ると、部屋の隅に箪笥《たんす》がある。その引き出しの一つが、一寸ばかり出たままになっていた。

「そこに入れていた帯か」

「は、はい。あの人、ここから出したんだと思います」

この箪笥には、茂兵衛とおときの衣類を入れているとか。

首以外に、外傷はなかった。首括りとしては当然だ。

慎重に、首に残った痕《あと》に目をやった。帯によってできたものだけではない気がした。

それで念のために、一通りの調べをすることにした。出来事を知った近所の者がやって来て、線香を上げた。手代や顔を見せた町《ちょう》役人が相手をした。

倉蔵は泣き止んだおときを別室へ連れて行って、事情を聞いた。

「首を括ったわけが、分かるか」

「借金の、ことでしょうか。でも、もう二十四両までできて、残りは、あと少しだと言っていました」

耳を近づけないと聞こえないくらい小さな声だった。時折洟《はな》を啜《すす》り、袂《たもと》で目頭を押さえた。

あと四両で返済できる。それならば、首を括る必要はない。だとすれば、殺しの線が出てくる。

「集めたという二十四両は、本当にあるのか」

おときは見ていないが、銭箱は首を括った部屋にあるとか。出かけるときだけ茂兵衛が、錠前をかけた。

女房に持って来させた。

早速検めると、小粒や小銭が入っているだけだった。

「これは」

おときは声を上げた。目に再び涙が溜《た》まった。二十四両と言ったのは嘘《うそ》で、実はなかったと受け取ったらしかった。

「首を括るために、わ、私たちを、歳の市へ行かせたんです」

手代も集金に行かせた。小僧には店番をさせた。

「それは、ないとはいえないが」

もう一つのことも考えられる。

歳の市へ行くのが毎年のことなら、行けというのは不思議でも何でもない。返金できそうだという気持ちがあれば、なおさらだろう。だとしたら、自死に見せかけて、金を奪った者がいることになる。

倉蔵は店番をしていた小僧を呼んだ。

「はい。私は店にいました。前の道に水をまくので通りに出ました。それに旦那さんに言われて、葉煙草《はたばこ》を買いに近くまで行きました」

店に、茂兵衛しかいなかった時間があることになる。ただ葉煙草を買って帰ったときには、品を直《じか》に手渡していた。

「誰か、訪ねて来た者はいないか」

「袋物の、熊谷屋《くまがいや》伊左衛門《いざえもん》さんが見えました」

わずかに首を傾《かし》げてから答えた。小僧もおろおろしている。

神田平永町《ひらながちょう》に店を持つ同業で、茂兵衛とは親しくしているので、月に二、三度は顔を見せると説明した。

「それで」

「四半刻（約三十分）ほどいて、お帰りになりました」

帰るのを、茂兵衛と共に店で見送ったとか。

「他には」

「私は、見ていないです」

建物の構造としては、裏口から人が出入りすることができる。

「その後、話し声などは聞こえなかったか」

「さあ」

小僧は首を傾げた。

「居眠りなど、していなかっただろうな」

「そ、そんなこと、ありません」

顔を赤くし、激しく首を横に振った。茂兵衛が首を括ったのは、おまえのせいだと責められたと感じたようだ。

「確かめただけだ。気にするな」

倉蔵は小僧をなだめた。

裏口から人の出入りがあったかどうか、裏通りの家へ行って尋ねた。

「表通りには、けっこう人が歩いていましたよ。でも裏木戸あたりでは、誰も見かけませんでしたねえ」

三軒の者に問いかけたが、不審な者を見たと告げる者はいなかった。

問いかけをしている間にも、近所の者が来て、通夜の支度をした。倉蔵も線香をあげたところで、定町廻り同心の須黒伊佐兵衛が顔を見せた。

面長で浅黒い面貌、歳は五十四でそろそろ隠居してもいい頃合いだが、まだ辞められない。四人いた子どものうち三人を流行病《はやりやまい》や火事で亡くし、末子の跡取り竜之助《たつのすけ》がまだ十二歳なので、役目を続けていた。

袖の下は受け取るが、捕物《とりもの》に対するやる気はほとんどない。面倒なことは大嫌いで、この辺りの町で起こった厄介ごとの後始末は、すべて倉蔵に押し付けていた。

倉蔵は、聞き込んだことと胸にある疑問を伝えた。

「そうかい。気になるんなら、自分で調べたらいいや」

気のない返事だった。

「へい」

がっかりも期待もしない。一応断ったから、それでよかった。あれこれ口出しもしないから、やりやすい相手でもあった。

夕食を終えたお鈴は、台所で洗い物をしていた。今日は鰤《ぶり》大根ときんぴら、それに蕪《かぶ》と長薯《ながいも》の漬物、豆腐の味噌汁だった。

お絹は二合の酒で、気持ちよさそうにしている。

片付けが終わろうという頃、倉蔵が顔を出した。

「何だい、こんな刻限に」

お絹は、邪険に迎え入れる。のんびりしていたところへ、面倒な話を持ち込んできたと考えたのかもしれない。

四つ下の弟とは顔を合わせると憎まれ口を利くが、不仲というのとは違う。おトヨには、お絹もなぜが気配りをする。

倉蔵は、若い頃は賭場《とば》荒らしなどもやったやくざ者で、地回りの親分を刺して江戸にはいられなくなった過去がある。十三年前に江戸へ戻って姉と再会し、田楽屋の店を持った。

その金は、お絹が出したらしいが、詳しいことは分からない。

倉蔵とおトヨの間には子どもがないので、お鈴のことは可愛がってくれた。揚心流《ようしんりゅう》柔術の達人で、十手捕り縄の術にも長《た》けている。だから町で荒くれ者が暴れることはない。住人からは一目も二目も置かれていた。

お鈴は幼い頃から今に至るまで、倉蔵から柔術を習っている。女のくせにという者もいるが、そんなことは関係ないと思っていた。体を動かすのは楽しかった。

お絹も、習うことに反対をしなかった。

「女だって、自分の身は自分で守らなくちゃあいけないいんだよ」

お絹と倉蔵の姉弟は、幼い頃に親に捨てられた。さんざん酷《ひど》い目にあったから、お絹の心はひねくれて、名うての意地悪ばばあになったのだとお鈴は思っている。信じるのは金と鉞だけだ。鉞を握るときは命懸けだ。それは見ていれば分かった。

何であれ幼い弟を抱えて、綺麗《きれい》ごとでは生きられなかったことは確かだ。お鈴に柔術を習わせるのは、自らの苦い経験があるからかもしれなかった。

「用はなんだい」

お絹は、お鈴に酒を運ぶように言ってから、倉蔵に問いかけた。夜間の訪問に迷惑そうな顔をしたが、酒は飲ましてやる。お鈴は残っていた鰤大根と一緒に、酒を運んだ。

猪口《ちよこ》は二つだ。

「岩井町の若狭屋茂兵衛さんが、首を括ったぜ」

「ええっ」

さすがにお絹も驚いた様子。猪口を口に運ぼうとして、途中で止まった。

倉蔵は酒を飲みながら、事情を伝えた。

「たとえ死んだって、お足は返してもらうよ。証文はあるんだから」

話を聞き終えたお絹が最初に口にしたのは、この言葉だった。驚いていたのは始めの間だけで、すぐに酒を飲み干した。気持ちのこもらない顔で聞いていた。

台所仕事を済ませたお鈴は、部屋の隅で二人のやり取りを窺う。

「ばあちゃんは、相変わらず憐《あわ》れみの心を持たない人だ」

と胸の内で呟いて、気づかれぬようにため息を吐いた。お絹の前で、気持ちを言葉にはしない。言っても伝わらないからだ。

「茂兵衛さんは、期日までに金を返せたと思うかね」

倉蔵はお絹の言葉には反応せず、問いかけをした。それが訪ねて来た目的らしい。

「当たり前じゃないか。そう見込まなきゃ、貸さないよ」

店舗という担保はあるが、返せるとお絹は考えていたらしかった。

「では、それなりに金策をしていたのだろうね」

「それはそうさ。おまえ、そんなことも分からないで、お上の御用を仰せつかっていたのかい。情けないねえ」

岡っ引きとして、縄張り内の町で睨《にら》みを利かせているが、お絹はまるで子ども扱いだ。

二つの猪口に手酌で注いで、自分のを飲み干してから続けた。

「それは、誰かが押し込んだんだよ。小僧のいないときに。あるいは気づかれないように」

「殺して二十四両を奪い、首括りに見せかけて殺したと見るわけですね」

「あと四両のところまできて、自分で死ぬ馬鹿がいるかい。それに死んだからって、借金が消えるわけじゃあないんだよ」

「そうですね」

倉蔵も納得の声で応じた。それは聞いていたお鈴も同感だ。

「茂兵衛って人は妻子思いだったから、自分だけ逃げるような真似《まね》はしないよ」

とも言い切った。

「殺しの線で、洗うんだね」

「やりそうなやつが、いますかね」

「それを探すのが、おまえの役目だろう」

お絹は叱りつけた。倉蔵は口答えをしないで頷《うなず》き、酒を口に運んだ。二人で五合の酒を飲み干すと引き上げた。

倉蔵は姉にどやしつけられても、めげる様子はない。慣れている。

四

翌朝、お鈴が洗濯物を干していると、板塀の外に乱れた人の足音があって、怒鳴りつけてくる声があった。始めは何を言っているのか聞き取れなかった。

手を止めて耳を傾けた。

「人殺しの守銭奴」

「首括りの足を引っ張りやがって」

と罵っている。お絹を責めているのだと気がついた。こういう嫌がらせは、前にもあった。

　知らんぷりすることに決めていた。お絹からも、相手にするなと言われていた。するとさらに聞こえた。

「若狭屋の主人が首を括ったぞ」

「そうだ。阿漕《あこぎ》な高利貸しのせいだ」

　石まで飛んできた。危なくお鈴に当たるところだった。慌てて物陰に身を隠した。縁側にも飛んで、障子紙が破れた。石を包んで丸めた紙屑《かみくず》もあった。

「何をしやがるんだい」

　お絹が障子を開けた。同じように罵声を耳にしていたようだ。罵声だけならば放っておくが、石まで投げられてはたまらない。下手《へた》をすれば大怪我《おおけが》をする。

　ついに堪忍袋の緒が切れたらしかった。鉞を手にしていた。

「このやろ」

　素足のまま飛び出した。木戸門へ駆け、通りへ飛び出した。老婆とは思えない迅速な動きで野次馬たちは仰天した。

「鉞ばばあが、飛び出してきたぞ」

「わあっ」

　野次馬たちは逃げ去った。お絹は本気でやる。その背後には倉蔵がいることも分かっているので、さらに歯向かおうという腹の据わった者はいなかった。

「ふん。何も分かっちゃいないくせに」

お絹の怒りは、簡単には収まらない。

お鈴は庭に落ちていた紙屑を拾って広げた。それは読売だった。鬼婆《おにばば》の絵が、大きく描かれている。文字を目で追った。

茂兵衛の首括りを報じ、原因は高利貸しの乱暴な取り立てのせいだとしたものだった。

お絹の名こそ出さないが、鬼のような顔の老婆が鋏を振りかざした絵が描かれていた。

「首括りの足を引っ張った」という表現もあった。

界隈《かいわい》の者ならば、すぐにお絹だと分かる。

「冗談じゃあないよ」

絵を覗《のぞ》き込んだお絹の怒りは収まらない。鋏を手に版元に怒鳴り込むというのを、お鈴はどうにかなだめた。

とはいえ、迷惑なことは間違いない。倉蔵に知らせに行くことにした。

お鈴は倉蔵を、じいちゃんと呼んでいる。ときどき捕物の手伝いをする。今回のような人の命に関わる大きな事件はなかったが、泥棒騒ぎは何度かあった。そのときには捕物の手伝いをした。

倉蔵は嫌がらない。お鈴が役に立つこともある。

うさぎ屋へ行くと、店は開けていないがおトヨが掃除をしていた。腰高障子にあるうさぎの絵は、お鈴が描いたものだ。

「これが面白いと口にして、入ってくるお客がいるよ」

おトヨが笑顔で言った。それを聞くとお鈴は嬉しい。おトヨは気さくで、仏頂面の倉蔵に代わって愛嬌《あいきよう》を振り撒《ま》いている。

うさぎ屋はそれで持っているというのが、近所の者たちの意見だった。

「うちの人は、茂兵衛さんの調べで出かけたよ」

昨夜通夜をして、今日は葬儀だそうな。年の瀬も迫っている。若狭屋にしたら、悲しんでばかりもいられないのだろう。

倉蔵は、その様子を見に行ったらしい。

おトヨは、読売のことを知っていた。

「ずいぶんと早いねえ」

「まったくですよ」

「詳しいことも知らずに、正義面して面白がる者がいるから困るよ」

ため息を吐いた。お鈴にも、茂兵衛の件についてはこのままにしたくない気持ちがあった。

自分には、お節介病がある。若狭屋へ足を向けた。

葬儀はすでに始まっていて、読経の声が聞こえた。弔問の客が出入りをしている。店先に、倉蔵がいた。

「疑わしいやつが来るかもしれねえから、見張っているんだ」

倉蔵の手先が、店の裏口から出入りした人物を見た者はいないか聞き込みを続けている。けれども見つからない。

「手を下したやつは、充分注意をしただろうがな」

それはそうだろう。

葬式を取り仕切っているのは、神田平永町の袋物屋で、熊谷屋伊左衛門なる者だった。歳は三十六で、茂兵衛と同じ。同業ということもあり、昵懇《じっこん》の付き合いをしていたとか。互いによく行き来をしていた。

「茂兵衛さんとは親しくしていただいていましたからね、放ってはおけません」

と言って、はしはし動いた。

「ありがたいですねえ」

おときは熊谷屋の働きに感謝をしていた。

出棺となった。親族や町の者が、棺桶《かんおけ》を挟んだ行列に並んだ。

「怪しげな人はいませんね」

お鈴は見送る者たち一人一人に目をやった。

倉蔵とお鈴は、最後尾を歩いて寺までついて行った。すべてが済んでも、取り立てて怪しげな者は現れなかった。

寺の庫裏《くり》で、ささやかなお清めの席があった。倉蔵は、座に着いた者たちに聞き込みをしてゆく。

葬儀の間は、遠慮をしていた。

「茂兵衛は首を括るほど、金に困っていたのかね」

「困ってはいたようですよ。うちにも借りに来ました」

「それでどうしたのかね」

「前にも貸していましたんでね。数日前には、断りまして。でもねえ、首を括るほどのことならば、もう少しどうにかしたのですがねえ」

腹の内は分からないが、親戚だという初老の商家の主人ふうは神妙に答えた。

「誰かに殺されたとは、考えられないか」

「まさか」

驚きの顔をした。

「殺されるほどの恨みを持たれていたとは思えませんし、金子《きんす》だってねえ。ない者は、襲わないでしょうから」

と続けた。

お鈴は口出しをしないが、傍にいて話を聞いている。倉蔵は邪魔者扱いをしない。

四人目に問いかけたのは、熊谷屋だった。

「惜しいことをしました。よほど追い詰められていたのでしょうねえ」

自死だと疑っていない様子だった。

「たくさんの在庫を抱えています。それを見るのも、辛《つら》かったのでは」

「恨みを買っていたことは」

「茂兵衛さんが殺されるなんて、考えられませんね」

熊谷屋も、他の者と変わらない返事だった。

「私は茂兵衛さんに、返済のための金を五両貸しましたよ」

と話した者はいた。

「いつのことかね」

「四日前ですね」

その金は、金箱にはなかった。返さなくてはならない金だ。倉蔵とお鈴は顔を見合わせた。

「やっぱり、首括りに見せかけた殺しだね」

お清めの席から離れたところで、お鈴は言った。二人の子どもは、肩を落として縁側で座っている。悲惨な死に様を日にすれば、気持ちは沈むだろう。

めったにない殺人事件だ。しかも自死に見せかけるなんて、酷《むご》い話ではないか。悲しむ子どもたちの姿を見ていると、怒りが湧いてきた。

お鈴は倉蔵の探索の手伝いをすることに決めた。

五

慰めようのない最期だったから、お清めで長く飲む者はいなかった。年の瀬で、己の商いのこともある。次々に引き上げて行った。

おときは客との挨拶は型通りするが、気持ちは激しく乱れている様子だった。借金を含めた今後のことが、頭にあるからに違いない。

お絹への借金返済だけでなく、返済のために他からも借りた金がある。店舗は手放さなくてはならないだろうし、二人の子どもを抱えて生きていかなくてはならない。場合によっては店を手放すだけでなく、お仲もこのままでは済まないかもしれなかった。

「おときさんのご実家は、どこですか」

「秩父《ちちぶ》ですがね、弟さんの代になって、もう助けは求められないようですよ」

頼りになるならば、茂兵衛が亡くなる前にどうにかしてもらっていただろう。

また二人の子どもは、怯《おび》えているようにも感じられた。どちらも状況が分からないわけではないから、悲しみと共に先行きの不安に駆られているらしかった。

「ひどいことをする」

茂兵衛を死に至らせ金を奪った者を、お鈴は許せない。しかし世間の目は、そこに向かっているのではなかった。

多くの者は、茂兵衛の首括りだと考えている。

そして茂兵衛を追い詰めたのは、借金の返済を求めたお絹ということになっていた。お鈴が腹立たしいのはそこだ。

確かにお絹は強引で、非情な金貸しと言えなくはない。金を貸すのは、憐れみや同情があるからではなく、利を得ることを目指しての商いだと考えている。女ながらにここまでやってこられたのは、その気丈さがあったればこそだ。

「嫌だ。そこまではしなくても」

と思ってはいるが、他に生きる手立てがあったかというと、答えられない。多少の陰口はあったとしても、茂兵衛の件で、「首括りの足を引っ張った」とまで言われるのは違うと考えるのだった。

倉蔵が、おときに語りかけた。

「茂兵衛さんはあんたらを残して、勝手に死にはしねえ。誰かに殺《や》られたんだ」

聞いたおときは、はっとした顔になった。目に涙の膜ができて顔が歪《ゆが》んだ。

「お願いします。手を下したやつを、捕らえてくださいまし」

おときはこれまで口にしなかったが、茂兵衛の自死に納得がいっていなかったらしかった。

「もちろんだが、そのためには力を貸してもらわなくちゃならねえぜ」

救いを求める目で、おときは頷いた。

倉蔵は、少しでも思い当たる不審な者がいないか、名を挙げるように告げた。

「そうですねえ」

おときが悩んでいると、倉蔵はお鈴に言った。

「考える目当てを、教えてやれ」

それでお鈴は、必死で考えた。倉蔵は捕物の手伝いをさせるが、時折試すようなことを口にする。まずい返答をすると半人前扱いされて悔しいから、必死で考えた。

「茂兵衛さんは騒がず暴れもしていなかったから、殺ったのは親しい者ではないでしょうか」

「まあ、そうだろうな」

倉蔵は頷いた。

「しかも裏口から入って、金のある場所を知っている者です」

さらに借金返済の事情を知っている者、を挙げた。

「早く捕まえないと、お金を使われてしまう」

これも肝心だ。茂兵衛が言った通り二十四両があったのなら、若狭屋はまだ救われる。

おときは困惑した様子だったが、ようやく二人の名を挙げた。

「一人は若狭屋へ袋物を納める職人で、神田の松下町《まつしたちょう》に住む庄吉《しょうきち》という人です」

しもた屋住まいで腕はいいが、職人を抱えているわけではない。とはいえ在庫の多くは、庄吉が手掛けた品だった。そのために若狭屋が追い詰められていることは知っている。

手間賃をすべて払い終えていなかった。

「うちの人が、返済の金子を集めていることは知っているはずです。お店からではなく、裏口から入ってくることもよくありました」

付き合いは、七、八年に及ぶという。

「これは噂《うわさ》なんですが、庄吉という人は、博奕《ばくち》で借金があるようです」

「なるほど」

きちんと調べる必要がありそうだった。

もう一人は、神田豊島町《としまちょう》の金貸しで、芳之助《よしのすけ》という者である。茂兵衛が借りに行って、高利を吹っかけられた。

「いつでも来てくださいな」

と言われたが断った。すると「貸そう」と向こうから訪ねて来たとか。けれども利率は下げていなかった。

「不気味でした」

「あいつから借りたら、店を手放すだけじゃあ済まなくなるぜ」

倉蔵は芳之助を知っているらしかった。あいつなら、裏から入って銭箱を探し出すくらいは、朝飯前にできるかもしれねえな。

お清めもすべて済んだところで、世話を焼いてくれていた熊谷屋伊左衛門と若狭屋の手代がやって来た。

「お清めの酒と仕出しの代を、いただいた香典から払いました。これが残りです」

しめて四両ほどあった。手代と二人でやったので、不正はない。内訳を示した紙片もあった。

「お世話になりました」

「いやいや、せめてものことですよ」

それで熊谷屋が引き上げようとしたところで、倉蔵が声をかけた。熊谷屋は昨日、茂兵衛を訪ねている。

「どんな話をしたのか、聞かせてもらえねえか」

と問いかけた。

「流行りの袋物の話をしました」

「変わったところはなかったか」

「借金返済のことで、困っている様子でした」

とはいえ、どれくらい借りられたかまでは分からない。

「実際の金子のことは何も話しませんでしたが、ずいぶん厳しいようでした」

と付け足した。

「首括りをする気配はあったのか」

「沈んではいましたが、あのときはそこまでとは思いませんでした。もう少し違う言葉をかけておけば、あんなことはしなかったかもしれません」

と項垂《うなだ》れた。

「念のためだ。若狭屋を出てから、何をしていたのか話してもらおう」

「はい、神田明神の歳の市へ参りました。それから店に帰りました」

「誰かと会わなかったか」

「歳の市は混んでいましたが、知った人とは会いませんでした」

熊谷屋は、もう一度お悔やみを口にすると引き上げて行った。

「四両じゃあ、借金の足しにはならねえな」

倉蔵が言った。

六

お鈴は、聞き込みをする倉蔵について行った。まずは松下町の袋物職人庄吉の住まいに向かう。敷地五十坪ほどの借家だった。

一人親方で、女房や奉公人などはいない。手入れの悪い狭い庭に、山茶花《さざんか》が赤い花を咲かせていた。

本人に当たる前に、昨夕庄吉が住まいにいたかどうか、両隣と向かいの家の者に訊《き》いた。

「そういえば、夕方くらいに出かけて行きましたねえ」

見かけた者が一人いた。行き先は分からない。その後も住まいの明かりは灯《とも》っていなかった。

「庄吉、いるか」

勝手に木戸門を開けて、出入口で声をかけた。お鈴はその後ろについている。

「何だね」

現れたのは、歳の頃三十二、三の長身の男だった。茂兵衛の葬儀には来ていなかった。腰に前掛けをつけていて、作業の途中だったらしい。

開かれた戸の先に、仕事場が見えた。部屋いっぱいに布地が散らかっている。壁に出来上がった袋物がぶら下がっていた。男物と女物、若向きから年寄り向きまでそれぞれだ。

庄吉は倉蔵の腰に差さっている十手に気がついて、わずかに動揺する様子があった。

「若狭屋の茂兵衛が首を括った。知っているな」

「へ、へえ。驚きやした」

「たくさん仕入れてもらって、親しかったそうだな」

「ま、まあそうですが。借金に追われていたようで」

「前から、知っていたんだろ」

「いえ。ただこっちへの払いが遅れていたんで、そんなことだろうとは思っていやした。読売を読んで、詳しいことが分かりました」

字は、読めるらしい。読売に記されたことが、知っているすべてだと言っている。

「おめえ、昨日の夕方あたりからは、出かけていたようだな」

「ええ、出かけました。でも酒を買ってすぐに戻り、飲んでいやした」

「明かりは灯っていなかったっていうじゃねえか」

「そりゃあてめえ一人で飲むのに、明かりなんざつけませんや。油代がもったいねえですからね」

油代で酒が飲める。明かりをつける間もないまま、寝てしまったとか。酒を買った店を聞き、問いかけを続けた。

「おめえ、賭場の借金があるっていうじゃねえか」

「ほんの少しばかりですよ。二、三両で」

「返す当てはあるのか」

「まあ、働いて。だから気を入れてやっていたんですぜ」

調子のいい男だった。若狭屋へは品を納めに何度も出向いていて、裏木戸があることは知っていると認めた。

それから同じ町内にある、庄吉が買ったという小売り酒屋へ行った。

「ええ、来ましたよ。一升、買ってくださいました」

嘘ではなかった。

「庄吉は、やっていると思うか」

酒屋を出たところで、倉蔵がお鈴に訊いてきた。

「お酒を買ったとはいっても、家に戻ったかどうかは分かりません。仮に戻ったとしても、また出かけることはできます」

「それはそうだ」

一人暮らしでは、証明する者はいない。

「借金もあるし、おどおどしていました。やっているかもしれません」

するとお倉蔵は、ちらと嘲笑《あざわら》うような目を向けた。気に入らなくても、お絹のように露骨に叱ったりはしない。

「仲間がいればできるかもしれねえが、一人ではできねえな」

「…………」

「おれが訪ねただけでおどおどするようなやつが、首括りに見せかけての殺しなんぞ、できるわけがねえだろう」

小僧は店番をしていたとしても、いつ声をかけてくるか分からない。言われてみれば、もっともだった。確かに背後に誰かいればできるかもしれないが。

少し悔しかった。その悔しさが倉蔵に対してか自分になのか、よく分からない。

お絹は強引で非情だ。自分を頭から半人前扱いしていると感じるから、お鈴は腹立たしい。倉蔵はそうではないが、どこか試されていると思うことがある。

だから見当違いなことを言ってしまったりやってしまったりすると、自分を責めるしかないので辛い。

両親を失ってお絹に引き取られたが、お鈴は望まれて引き取られたのではないと分かっている。自分は厄介者だという気持ちが、ずっとどこかにあった。一刻も早く、世話になるだけの立場ではなくなるようにと務めてきた。

お鈴にとって血縁は、お絹と倉蔵の二人だけしかいない。その二人に一人前だと認めさせてやりたかった。

今はもう、両親を亡くして、先行きに怯えて泣いていた小娘ではないという気持ちだ。

次は、神田豊島町の金貸し芳之助だ。こちらも、表通りのしもた屋住まいだ。庄吉の住まいよりもだいぶ広くて、庭の手入れもよくされていた。訪ねる前に近所で聞いたが、昨夕出かける姿を見た者はいなかった。

声をかけると、二十代後半とおぼしい化粧の濃い女が出てきた。派手な女がいると近所の者が言っていた。これが女房らしかった。

所帯を持ってから、暮らしぶりが派手になったのは、女房が芸者上がりだからだとか。

芳之助は家にいて、すぐに出てきた。四十歳前後の長身で、堅気の商家の主人といった外見である。

「これはどうも」

倉蔵の十手を目にしても、驚くような気配は窺えなかった。倉蔵は、庄吉にしたのと同じような問いかけをした。

「茂兵衛さんのことは、存じていますよ。驚きました」

当たり前のような口ぶりだった。神田界隈では、すでに噂に尾鰭《おひれ》がついて広がっているのかもしれなかった。

芳之助は、金を用立てるとして若狭屋に出向いたことはすぐに認めた。

「茂兵衛さんはお困りのようでしたのでね、お役に立ちたいと思ったんですよ」

高い利息のことには触れず、しゃあしゃあと口にした。そういえば、葬式にも来ていた。お清めの席には来なかったので、話は聞けなかった。

「茂兵衛とは親しいのか」

「そりゃあ、隣町ですのでね」

愛想笑いをした。ゆとりのある対応だ。強面《こわもて》の倉蔵に、威圧されていない。

「なぜ若狭屋には金がないと分かったのか」

「茂兵衛さんはいろいろなところに借りに出ていましたからね。それは伝わってまいりますよ」

「いろいろな声が、耳に入るわけだな」

「まあ」

金貸し仲間で情報交換をする。ありそうなことではあった。

「昨日の夕方から夜にかけては、どこにいたか」

「家にいました。女房と、さしつさされつやっていましたよ」

女房では、いたことの証拠にはならない。しかしいなかった証拠もない。

「やっていると思うか」

芳之助の家を出たところで、お鈴はまた倉蔵から訊かれた。

「こちらの方が、やっていそうな気がします」

相手が十手持ちだったから、下手《したて》に出てものを言っていた。しかし金を借りて返済できなくなった者には、苛烈《かれつ》な対応をするのだろう。お絹も酷いが、何かが微妙に違う気がした。

「人一人を殺すというのは、たいへんなことだ」

「そりゃあ、そうだろうけど」

「ならば芳之助は、たかだか二十四両のために危ない橋を渡ると思うか」

そう言われて、お鈴は返答ができなかった。だとすれば、庄吉でも芳之助でもないことになる。

「だったらどうすればいいと言うの」

お鈴は苛立った。倉蔵は、自分の考えを言わない。卑怯《ひきょう》じゃないかと思うが、言えないのかもしれないとも考えた。

「庄吉にしても芳之助にしても、本人から聞いただけじゃあ分からない。いろんなことを調べてみないと」

その調べを、自分なりにしてみたいとお鈴は告げた。

「やれるならば、やってみろ」

倉蔵は駄目とは言わなかった。倉蔵は押し付けるだけで何もしないわけではない。念入りの調べをする。その部分では信頼できた。

ただ下手人捕縛のための何かの手掛かりを摑んで、お絹や倉蔵の鼻を明かしてやりたいという気持ちがあった。自分を一人前だと、二人に認めさせたいのだ。

七

倉蔵には自分なりにと告げたが、茂兵衛の事件を探るにあたって、お鈴に確かな手立てや策があるわけではなかった。店先の蠟燭《ろうそく》を盗まれた、吊るしてあった古着を持ち逃げされた、あるいは店の木看板に墨をかけられたという嫌がらせなど、小事件の解決のために調べをしたことはあった。

しかし今度の一件は殺しだ。手を下した者が、簡単に尻尾《しっぽ》を摑ませるとは思えなかった。

どうしたものかと歩いていると、立ち話をしている五人の町の者がいた。男と女、老若が交ざっていて、顔見知りもいた。話している者たちは、歩いて行くお鈴に気づかない。

「それにしても、銊ばばあは酷いことをするねえ」

「まったくだ。死ぬまで追い詰めるんだから」

声が聞こえた。若狭屋茂兵衛の話をしていた。倉蔵は殺されたとして調べを進めているが、巷《ちまた》では首括りとなっている。そこまで追い詰めたのは、お絹だという話だ。

これまでもお絹から金を借りて、厳しい取り立てに遭った者は少なくない。話には尾鰭もつくから、評判は極めて悪かった。

態度も偉そうなので嫌われている。

ただ大っぴらに責められなかったのは、激しい気性な上に口煩《くちうるさ》いからだ。面と向かって何かを言えば、逆にやり込められる。

一言が、何倍にもなって返ってくる。

また弟の倉蔵が土地の岡っ引きということが大きかった。倉蔵の評判は悪くないし、おトヨはいい人だった。それに救われているところもあった。

同居の孫娘お鈴も、何かを言われたりされたりしたことはなかった。ただ今回は、人が死んでいる。しかも茂兵衛は嫌われ者ではなく、町のためにもいろいろ尽力をした者だ。溝浚《どぶさら》いや夜回りなど、率先してやった。いちいち文句など言わない。

町の善人が、嫌われ者の悪党に追い詰められたという形に見える。

お鈴は聞こえないふりで、そのまま通り過ぎようとした。しかし話をしている一人が気がついた。

「おや、噂の」

大げさな声で、いかにも汚らわしいものを見るような目を向けた。こちらは知らないが、向こうはお鈴を知っているらしかった。他の者たちも非難の目を向けている。

知り合いは、顔をそらしていた。

「こんにちは」

お鈴は声をかけ、横を通り過ぎた。何事もないような顔でやり過ごしたつもりだったが、嫌な気持ちだった。

背後から笑い声が聞こえた。

「怖い怖い」

と誰かがわざとらしく言っていた。

「ふん」

事情も知らないくせにとか、日頃のばあちゃんが悪いんだとか罵って、お鈴は胸に湧く怒りを鎮めた。本当は、何か言い返してやりたいくらいの気持ちだった。

憂さ晴らしに、誰かと話をしたい。また調べについて、意見を聞きたいという気持ちがあって、小泉町の豆次郎の家に向かった。

「あいつならば、気にしないで何でも話せる」

そろそろ夕暮れどきだ。仕事が終わっていたら、呼び出せる。意気地なしの半人前だが、話していれば気晴らしになる。

「ああ、お鈴ちゃんか」

そう口にしてから、すぐに案じ顔になった。

「とんでもないことに、なっているじゃないか」

慌てた様子だ。お絹のことを言っている。

「何を急に。相変わらず、すぐにおろおろしてさ」

と軽くあしらう。

「冗談じゃあない。これを見てごらん」

豆次郎は、二枚の読売を差し出した。

お鈴は手に取って検める。二枚とも、若狭屋茂兵衛の首括りに関して、お絹の取り立ての酷さ惨《いたまし》さを強調した書き方になっていた。お絹の名は出していないが、今朝のものよりも露骨な表現になっていた。

「今回のことだけでなく、前に店を取ったことや、娘を売らせたことまで書いてあるよ」

「なるほど、そうだね」

心の臓が熱くなった。書かれていることは、嘘ではない。

証文がある以上、お絹は不法なことはしていない。借り手も納得した上で、証文に署名をしたのである。

しかしそれでいいのかという気持ちは、お鈴にもあった。

「界隈の人は普段は黙っているけど、何かあると不満が口に出る」

「若狭屋さんの件は、文句を言うには好都合なわけだね」

「そういうことさ」

読売は飛ぶように売れていたと、豆次郎は付け足した。江戸っ子は噂好きだ。面白がって読んだだろう。

それでお鈴は、つい今しがた通りで噂話をしていた人たちの自分への眼差《まなざ》しの厳しさを思い出した。面と向かって言われたわけではないが、はっきりと責めていた。

「どうしたらいいんだろうね」

七十五日もすれば忘れられるかもしれないが、それまでが長い。どうにもならないように感じた。

「お絹さんは、たとえ茂兵衛さんが首を括っても、金は返させようとするわけだよね」

「そりゃあそうさ」

借金を、情に絡めて帳消しにする者ではない。お絹は、茂兵衛は何者かに殺されたと思っている。

お鈴は、今日倉蔵と調べた内容を含めて分かっていることを伝えた。

「ばあちゃんが首を括らせたなんて、言いがかりだよ」

言いたいことはそこだった。

聞き終えた豆次郎は何か話そうとしたが、言葉を呑み込んだ。口にすればこちらが不機嫌になるとでも考えたからか。

「言いたいことがあるならば、お言いよ」

「いや。町の人に分かってもらうのはたいへんだから」

「そうだね。面白がりたいだけだからね」

腹立たしさが、ぶり返してきた。

「どうなるんだろうねえ」

豆次郎は、他人事《ひとごと》のような気の抜けた言い方をした。少しはこちらの怒りについて宥《なだ》めてくれるかと思ったが、その言葉はなかった。

「あんた、頼りにならないねえ」

わざとらしくため息を吐いて、豆次郎と別れた。豆次郎が何かを言おうとしたが、知らぬ顔で歩いた。腹を立てている。ただ悪評にさらされて、いつの間にかお絹の肩を持っている自分にも驚いた。

茂兵衛の事件とお絹の強欲とは別物だ。それをはき違えてはいけない。

家に帰ると、お絹は鉄を横に置いて煙草を吸っていた。

「どうしたの」

「また嫌がらせをしてきたやつがいたので、これで追い払ってやったのさ」

あっさりしていた。お鈴は、お絹に問いかけた。

「茂兵衛さんのところの返済はどうするの」

返事は分かっていたが、訊かないではいられなかった。

「当たり前じゃないか。期日にはいただくよ」

「返せなかったら」

「お店を売りに出してもらうだけさ。その日のうちにね」

買い手がつくのが遅れたら、別に決めた遅延料を要求する。それは相手が誰であっても、どういう事情があろうともだ。

「でも茂兵衛さんは、いろいろなところからも借りていたようだけど」

倉蔵の疑問と聞き込んだ内容について伝えた。

「そうかもしれないねえ。あの人のことだから、いろいろなところを廻って借りたんじゃないかね。多少利息が高くても」

「そうしたらどうなるの」

「そっちだって、ちゃんと利息をつけて返すのさ」

「でもそれができないから」

茂兵衛は追い詰められたのである。

「おまえは頭が悪いねえ。店を売ってもらうって言ったじゃないか。あそこならば、四、五十両にはなるだろうさ」

借地だが、建物は茂兵衛のものだった。ただ買い手は足元を見て、買い叩《たた》くかもしれない。

「足りなかったらどうなるの」

「そうなったら、娘を売ってもらうしかないね。あの子は器量よしだから、いい値になるよ」

あっさりとした言い方だった。床の間の置物を売るような口ぶりだ。遺族への気配りは微塵《みじん》もない。言い返そうと思ったが、その隙もなく告げられた。

「おまえ、夕餉《ゆうげ》の支度があるだろ。ぼやぼやしているんじゃないよ」

強い口調だった。こちらの意見などいらないと告げているようだ。

八

朝、お鈴が洗濯物を干していると、お絹は出かけて行った。鉄は置いたままだから、貸金にまつわる外出ではなさそうだった。

どこへ行くかは訊かない。尋ねても、「おまえは知らなくていいことだよ」で済まされる。

「行ってらっしゃい」

と声だけかけた。

用事を済ませたお鈴は、松下町の庄吉の住まいへ行った。

倉蔵は庄吉には人を殺す度胸がないと言ったが、仲間がいれば別という話だった。ならば関わっていないと決めつけることはできないと思った。

今日は住まいにはいなかった。朝から出て行ったらしい。

近所の家の女房に、庄吉が親しくしている者を訊いた。

「さあ。あの人が付き合っている人なんて、知らないねえ。どうでもいいことだし」

と返した者がいたが、知っている者もいた。

「柳原《やなぎはら》土手で荷運び人足をしている午助《ごすけ》という人だね。どうやら博奕仲間らしいけど」

亭主がよく行く居酒屋で、庄吉と親し気に飲んでいる男の姿を、何度か見かけていた。名を呼び合っていたので、耳に入ったのだとか。その話を女房は亭主から聞いていた。

柳原土手の船着場へ行くと、人足たちが荷下ろしをしている。仕事が済んだところで、汗を拭く人足に声をかけた。

「ここに、午助さんという人はいますか」

「何だ、おめえ。あいつのこれか」

と小指を立てられた。そして頭のてっぺんから爪先まで、舐《な》めるように体を見られて気持ちが悪かった。

「そうじゃあ、ありません。話を聞きたいんです」

我慢して続けた。言うべきことは、ちゃんと口に出す。お鈴は相手が破落戸でも怯《ひる》まない。

「あいつだよ」

からかいがいがないという顔で、三十歳前後の人足を指さした。

「おれが午助だが、用は何だ」

やはり遠慮のない目で、体を見られた。庄吉の一昨日《おととい》の動きについて、知っていることがあったら話してほしいと頼んだ。

「さあ。一昨日の夕刻あたりにどこにいたかなんて、知らねえな。聞きもしねえ」

「ではこれまでに、若狭屋について何か話しませんでしたか」

「それも聞かねえよ。でも夜五つ（午後八時）過ぎに両国広小路近くの高そうな小料理屋で庄吉が飲んでいる姿を見たぜ」

どきりとした。事件に関わっていたら、犯行を終えた後となる。牡丹《ぼたん》という店だったとか。

「一人でしたか」

「顔は見えなかったが、誰かと一緒に飲んでいたぜ」

「酒肴《さけさかな》のお代は、庄吉さんが払ったのでしょうか」

「知らんね。今朝会ったので尋ねたら、賭場で目が出たと答えたがね」

その数日前は、大きく損をして、青くなっていたそうな。

「どれくらい、儲《もう》けたのでしょう」

「五、六両はいくんじゃねえかね。鼻息は荒かったぜ」

博奕で儲けたか、盗んだかは分からない。

賭場は、神田川の北にある旗本屋敷の中間《ちゆうげん》部屋だという。そこは大店の主人や職人の親方も顔を見せていて、ときには大きな金も動くのだと付け足した。

「じゃあ、また賭場は、開かれるわけですね」

「ああ。明日の夜に次の開帳がある」

場所も同じ旗本屋敷の中間部屋だと言うなり、お鈴の肩を摑んだ。

「いいことを教えてやったんだ。ちょっとばかり、相手をしてもらおうじゃねえか」

卑し気な顔で言った。伸ばした腕で、二の腕を摑まれた。

「お相手ならば、しますよ」

「そうかい」

薄ら笑いを浮かべた。

午助はこちらが女だからと甘く見たようだ。お鈴はその腕を摑んで引き、腰を入れた。

「うわっ」

柔術技で、午助を地べたに転がした。騒ぎになるのは嫌だから、その場からは急いで離れた。騒ぎ声が背後から聞こえたが、知ったことではない。

次にお鈴は、豊島町の金貸し芳之助を探ることにした。

近所の者は、商いのことは分からないが、金貸しである以上利息は取るし、場合によっては破落戸を使って手荒な取り立てもするらしいと話した。

倉蔵の縄張り外だと、お鈴を知る者はほとんどいなくなる。銕ばばあの噂はしていても、お鈴とお絹を繫《つな》げる者はほとんどいないから、何か言われたり侮蔑の目で見られたりすることはなくて済んだ。

芳之助の家の前に立って、どうしたものかと思案していると声をかけられた。

「お鈴さん」

誰かと思うと、熊谷屋伊左衛門だった。たまたま通りかかったといった様子だ。

「昨日は、お疲れさまでした」

とっさに口からその言葉が出た。茂兵衛の葬儀の手伝いをした。お鈴はその労をねぎらったのだ。

「いやいや、せめてものことですよ。それより、どうしたんですか。芳之助さんの家を気にしていたようですが」

芳之助が何者かは、知っている様子だった。

「茂兵衛さんに、お金を貸そうと近づいていたとかって」

つい言ってしまった。芳之助を怪しいと見て、探ろうとしていたと話してしまったようなものだ。

熊谷屋は葬儀の手伝いをしてくれていたから、どこかで気持ちを許していた。

「なるほど。倉蔵親分は、首を括ったのではなく殺されたと考えて、関わりのある人を探っていたわけですね」

「まあ」

葬儀の折の倉蔵の動きを見ていて、そうだと感じたらしい。お鈴は否定をしなかった。

「はっきりした話ではないんですけどね」

とした上で、熊谷屋は続けた。

「芳之助さんは、高額の貸金を踏み倒されたようです。それで困っているとか」

貸すどころではない状態らしい。

「何があったんですか」

「借り手が、夜逃げをしたという話です」

「まさか」

とは言ったが。お絹も借り手が夜逃げをしそうなときには、警戒をしていた。ないわけではない話だ。金貸しとしては、家も土地もない者に逃げられたら、一番の痛手になる。

ただそうなると、二十四両あれば助かる。熊谷屋の話が事実ならば、芳之助の犯行は、ないとはいえない。

ただどうして熊谷屋がそんなことを知っているのか、そのことに不審を覚えたのは、別れた後だった。


夕方になる前に家に帰ると、すでにお絹は戻って来ていて、倉蔵の姿もあった。

お鈴はその日聞き込んだ詳細を、二人に伝えた。

「そうか。熊谷屋とばったり会ったわけか」

倉蔵が言った。

「庄吉は、小悪党だねえ」

お絹が言った。

「じいちゃんは、どんな調べをしたんですか」

新たに分かったことがあるならば知りたかった。

「おれは、茂兵衛さんが金を借りた相手を探った」

女房のおときは、借りられていたようだと告げていた。もう少しのところで、返済ができた。

「いたんですね」

「いた。調べた限りでは、二十両近くになる。調べきれなかったが、もっと集めていただろう」

「じゃあやっぱり、下手人は首括りと見せかけて、金を奪ったわけですね」

「そうなるな」

銭箱には金がなかった。他のどこかに隠してあるかとおときは探したが、出てこなかったとか。

茂兵衛が亡くなっても返済しなくてはならないおときは、親戚や知り合いを廻っているが、なかなか借りられない。どうなるのかと、お鈴は先のことを案じた。

「今日は家への嫌がらせは、あったのかしら」

「あったよ。ふざけたやつらさ」

張り替えたばかりの障子が、投げられた石でまた破られていた。

九

事件があった日から四日目、朝の用事を済ませたお鈴は、外神田の端切れ屋で看板描きをした。新年を、新しい看板にして迎えようという考えからの注文だ。年内ではもう一軒の依頼があった。

声掛けがあるのは嬉しい。売る品は何か、その特徴はどのようなものかとを、あらかじめ聞いて図柄を考える。依頼主の主人とするそのやり取りも楽しい。

いろいろな柄の端切れが、障子紙の上で躍っている。この日も、満足してもらえた。

それから主人と、少しばかり雑談をした。

「あんたの家の近くで、袋物屋の旦那が首を括ったらしいね」

お鈴と若狭屋の関わりについては、知らないらしかった。鉞ばばあの孫だとは伝えていない。

「はい。でも、殺されたんじゃないかという話も聞きます」

お絹のせいではないと、伝えたい気持ちがあった。あれから毎日のように嫌がらせをされているが、お絹は自分に非はまったくないと考えている。

事実ではあっても、世間はそう考えない。とはいえお絹は、世間に寄り添う気持ちは、まったくない。誰かに言い訳をするわけでもなかった。

嫌がらせに現れた者を、鉞で追い返すだけだ。

「一人くらい大怪我をさせて、懲らしめてやったらいいんだけどね」

負けてはいない。

「殺して首括りのように見せかけたのなら、酷い話だ」

端切れ屋の主人が言う。

「まったくです」

そこで思いついて、お鈴は問いかけた。

「袋物にも、端切れは使うのでしょうね」

「もちろんだよ。うちにも、何軒かのお得意がある」

小さな布地でも、縫い合わせて使う。極上の端切れが出れば、袋物屋に声をかける。店に出すよりも、いい値で売れるからだ。

しかし若狭屋とも熊谷屋とも、関わりはなかった。

「布地に関わるやり取りで、袋物屋の景気も分かるよ」

売り上げが伸びているときは、言い値で買ってゆく。安くても、色柄が気に入らなければ買わない。

ただ若狭屋と熊谷屋に端切れを卸している店を知っているというので、教えてもらった。若狭屋が神田松田町《まつだちょう》で、熊谷屋が日本橋富沢町《とみざわちょう》の端切れ屋だった。

お鈴はまず松田町の店へ行って、端切れを見て、気に入ったものを一枚買った。それから店番をしていた女房に茂兵衛について尋ねた。

「あそこの旦那さんは、たいへんなことになりました」

「ほんとにねえ。あの店は、今は在庫を抱えているそうだけど、値を下げさえすれば売れますよ」

同情する口ぶりだった。

「でも、それはできないんでしょ」

「いや。ここは損切りをしてでも、新しい商品を仕入れたいと話していました」

亡くなる四日前のことだった。

売れそうな布地を仕入れて、柄の指図をして庄吉などの職人に仕上げさせるのである。

話を聞く限り、死ぬ気など微塵もないと感じる。そして熊谷屋についても訊いた。

「あそこは、なかなか厄介なようです」

顔を曇らせた。

「何がですか。繁盛しているように聞きますが」

「繁盛していてもねえ」

言いにくそうだ。

「他にお金が出ていくことがあるのですか」

と口にしてから、気がついた。

「何か遊びでも」

「まあ」

困惑気味に小さく笑った。

「女ですか」

頭に浮かんだのはこれだった。吉原《よしわら》あたりではめをはずして、身を持ち崩した話はよく聞く。博奕かもしれないとも思った。

端切れ屋の女房は、はっきりとは言わなかった。

「噂だからねえ、本当のところは分からないけど」

それからお鈴は、日本橋富沢町の端切れ屋へも行った。ここでも端切れを買ってから、中年の主人に問いかけた。伊左衛門の遊びについてだ。

「熊谷屋さんは、古くからのお得意でね。うちでは何も言えませんよ。しっかりした方です」

隙のない返答だった。しかしそんなふうに口を閉ざされると、何かあるのではないかと、かえって気になった。

結局熊谷屋については、あいまいなことしか分からなかった。ただ熊谷屋に、人が眉を顰《ひそ》めるような一面があるのは意外だった。

とはいえ熊谷屋が、茂兵衛の一件に関わりがあるとは思えなかった。

お鈴はこの件を、うさぎ屋へ行って倉蔵に伝えた。

「熊谷屋さんは、そんな人には見えなかった」

と付け足した。すると倉蔵が言った。

「見えるところだけしか見ねえじゃあ、物事の本当は分からねえぞ」

お鈴が気になるのは、貸した相手に夜逃げをされた芳之助だ。これが本命だと考えるが、確証はない。倉蔵の言葉を借りるならば、見えていないところがある。

「何が見えていないのか」

そこを考えた。一人では何も浮かばないので、豆次郎を呼び出した。

「いったい、どうなっているんだろう」

話をすることで、分かったことを整理したかった。そうしたら、見えなかったことが見えてくるかもしれない。豆次郎は始め、そんなことで呼び出すなという顔をしたので、睨みつけてやった。

自分は一人前になりたいし、お絹が、首括りの元凶にさせられているのも気に入らなかった。何よりもこのままでは、殺された茂兵衛が浮かばれない。

「金を奪ったんなら、きっとそれで何かするよね。そこはどうなんだろう」

しばらく考えたところで、豆次郎が言った。

「そうだね」

なるほどと思ったが、豆次郎ごときにまともなことを告げられて、少し忌々《いまいま》しかった。

それで豊島町へ行って、近所や木戸番小屋で聞き込んだ。

一番怪しいのは、やはり芳之助だ。

「さあねえ。この数日で、お金が入ったようには見えないけどねえ」

暮らしぶりが変わったと告げる者はいなかった。どうしても、目に見えることしか分からない。

十

そろそろ夕方という頃、成果もないままお鈴は松枝町の家に帰った。するとお絹が、鬼のような顔で待っていた。

「どこをほっつき歩いていたんだい」

とやられた。

「ばあちゃんだって出かけているじゃないか」

と言い返したいがそれはできない。黙っていると、続けた。

「あんた今から、庄吉を見張ってごらん」

「どうして」

「きっとあいつ、動くよ」

茂兵衛殺しの下手人ではないと考えていた者だ。けれどもお絹は、別の考えがあるようだ。

お鈴が不満な顔をしたのに気づいたらしい。お絹は、苛立たしそうに続けた。

「あいつ、両国広小路の高そうな小料理屋牡丹で飲んでいたと言ったね」

「ええ、まあ」

「誰と飲んでいたのか、確かめたのかい」

「えっ」

言われてどきりとした。庄吉は関わっていないと思ったから、確かめていない。

「金がないやつが、どうしてそんなところで飲めたんだい」

「…………」

いきなり心の臓に、冷たい水をかけられた気がした。

「ゴチになったっていうならば、それなりのことをしたからだろう」

「そうだね」

何もしない者に、酒など飲ませない。

「一人前の者はね、何で飲ませたかまでを調べるよ」

悔しいが、言われてみればもっともだ。誰といたかとか、銭はどうしたかは、午助に聞いても分からなかったことだ。

だからこそ確かめなくてはいけない。

庄吉は、誰かと一緒だったのだ。お鈴から話を聞いたお絹か倉蔵は、何者か当たったのに違いない。

「いったい、誰だったの」

悔しかったが、頭を下げた。

「見張っていたらば、分かるんじゃないかね」

分かっていても調べさせたかったのか、はっきりは分かっていないから、確かめろと言うのか、それは分からない。何であれ、自分の調べが足りなかったのは確かだ。お鈴は松下町の庄吉の住まいへ急いだ。

気づかぬ間に、何かが起こっているのかもしれない。

けれども行ってみると、しもた屋は薄闇の中で、ひっそりと蹲《うずくま》っているようだった。

何かがあるとは思えない。

そしてそろそろ暮れ六つ（午後六時）の鐘が鳴る頃に、庄吉が長屋から出てきた。提灯を手にしている。

「ああ」

やはり何かあるのかと、心の臓がどきりとした。中間部屋の賭場のことを思い出した。お鈴は、気づかれないように跡をつける。庄吉は八ツ小路に出て、昌平橋袂に立った。周囲を見回した。

そして暮れ六つの鐘が鳴って、商人《あきんど》ふうが姿を現した。すでに暗い。庄吉は、明かりを下げながら近づいた。

「あれは」

驚きのあまり声が出そうになった。熊谷屋伊左衛門だったからだ。知り合いだとしてもおかしくはないが、あたりを憚《はばか》っている気がした。

二人は一緒になって、昌平橋を北へ渡った。そこでお鈴は、いきなり肩を摑まれた。慌てたが、摑まれた相手は倉蔵だった。

「おれは、熊谷屋を見張っていたんだ」

「じゃあじいちゃんは、庄吉が小料理屋牡丹で一緒に飲んだ相手を確かめたんだね」

「そうだ」

お鈴は初めそれには関心を持たなかった。見えるものしか見ないと言ったのは、そういうことに対してだったのか。

「どこへ行くんだろう」

「それを確かめてえから、つけるんじゃあねえか」

一喝された。もしかしたら倉蔵は、もう見当がついているのかもしれなかった。

「お鈴の聞き込みでは、どちらも金が欲しいんじゃあねえのか」

倉蔵が言った。それはそうだった。

「奪った二十四両よりももっと欲しかったら、何かするだろう」

「そうだね」

熊谷屋と庄吉は、神田明神の裏手へ回った。この辺りは旗本屋敷が並んでいる。

「これはまずいぞ」

倉蔵が顔を顰《しか》めた。

「どうしてだい、じいちゃん」

お鈴には見当がつかない。

「この辺りにある旗本屋敷の中間部屋で、賭場が開かれているんじゃなかったか」

「そ、そうだよ。庄吉が出入りしていたやつだ」

「ならばやはり、まずいじゃねえか」

慌てた顔になった。足早になっている。

「どうしてさ」

お鈴は小走りになって、足並みをそろえた。

「どっちも、金はないはずではないのか」

確かめてはいないが、熊谷屋は女か博奕で金をなくしているはずだった。

「そうだけど」

「ではこれからする博奕の掛け金は、どこから出るんだ」

「あっ」

見えなかったものが、見えた気がした。熊谷屋は、博奕で金を失った。それを倉蔵は調べ出したのかもしれない。遊女と遊ぶにも銭が必要だろう。身請け話でも出ていたら、なおさらだ。

「あの二人は、茂兵衛さんから奪った金を大きくしようとしているわけだね」

「損をするかもしれねえが、博奕で熱くなったやつは、そうは考えねえ。次は目が出ると信じている。だからなけなしの銭でも張るんだ」

「熊谷屋と庄吉はもともと知り合いで、博奕場で一緒になって、悪さを企《たくら》んだんだね」

「そんなところだろう」

「使わせるわけにはいかないよ」

「そういうことだ。賭場の胴元にしたら、あいつらは鴨《かも》でしかないだろう」

お鈴と倉蔵は、ほぼ同時に駆け出していた。

熊谷屋と庄吉は、千石取り程度とおぼしい旗本屋敷の裏門前で立ち止まった。そこの中間部屋が賭場らしい。

　庄吉が裏門の潜り戸を叩こうとしたところで、倉蔵が声をかけた。

「待ちねえ。懐の金は、ここで使っちゃあいけねえものだぜ」

　細かな表情まではよく分からないが、二人は仰天した気配だった。向こうは提灯を掲げていたが、こちらの顔までは見えないはずだ
「さあ、おっしゃる意味が分かりませんねえ」

　熊谷屋が返した。すでに動揺は消えている。

「そうかい。しかしおめえの懐にある金子は黙っちゃあいねえぜ」

　ここで腰から十手を引き抜いた倉蔵は、二人に近づいた。

「な、何を言いなさる」

　倉蔵と分かって、明らかに慌てた様子だった。倉蔵は落ち着いている。怪しいと思っていたことが、確信になったらしい。

「そうじゃねえか、茂兵衛さんから奪ったものだからな」

「まさか。どんな証拠があってそんなことを」

「じゃあ訊くが、おめえは懐の金の出どころを、はっきりと言えるのか」

「…………」

「言えるならば言ってみろ。おれはおめえがあちこち廻って、金を借りようとしたがで

きなかったことを確かめているんだぜ」

　この言葉で、お鈴は倉蔵がそのあたりを洗っていたのだと気がついた。熊谷屋と庄吉が繋がっていると知って、調べたのだろう。

「熊谷屋は、あの日茂兵衛さんを訪ねた。返すための金を集めたという話を耳にしてな。すると運よく一人きりだった」

「でたらめなことを言うものだ」

　倉蔵の口ぶりは落ち着いているが、熊谷屋は明らかに動揺していた。

「そうじゃあねえさ。一度は帰るふりをしたんだ。それで近くで待たせていた庄吉に襲わせたんだ。力じゃあ、茂兵衛さんもかなわないからな」

「何の証拠がある」

　庄吉が喚《わめ》いた。

「若狭屋さんの裏口近くで、おめえの姿を見た者を探し出したぜ」

　下手人だと決めつける言い方だった。

「覚悟を決めるんだな。言いたいことがあるならば、大番屋で聞こうじゃねえか」

　と倉蔵は続けた。

「くそっ」

　庄吉が、懐から匕首《あいくち》を抜いた。倉蔵とお鈴は素手だったが、身構えた。こちらを殺そうという腹らしい。

「このやろ」

お鈴はその一撃を、身を斜め前に出して躱《かわ》した。こちらは寸鉄も帯びていない。ただ相手の動きはよく見えた。突き出された手首を、お鈴は摑もうとした。しかしその腕は引かれた。

宙に浮いたかに見えた匕首の切っ先が、こちらの首筋めがけて落ちてきた。瞬く間の動きだった。相手の体は、こちらよりも一回りも二回りも大きい。

お鈴はその内懐《うちぶところ》に飛び込んだ。引いたら刺されると思った。

目の前にある襟を、両手で摑んだ。相手の脇に回り込みながら、右足を相手の左足にかけた。腰を入れて引くと、相手の体が前のめりに倒れて地べたに転がった。匕首はどこかにすっ飛んでいた。

庄吉は面食らったようだが、それでもすぐに起き上がった。怒った獣のような顔になった。

「このあま」

こちらに摑みかかってきた。けれどもその動きは鈍かった。足がふらついていたが、怒りが体を動かしているようだ。

お鈴は前に出て、その肩と袖を握った。体を捻《ひね》って腰を入れ、左足で相手の足を払った。

「やっ」

またしても相手の体は、宙を舞った。

地べたに叩きつけられた形で、今度は身動きができなくなった。目を白黒させて、呻《うめ》き声を上げている。

そのときわずかに遅れて地響きが起こった。倉蔵が、熊谷屋を地べたに叩きつけたところだった。熊谷屋は、声を上げることもできなかった。

倒れている二人に縄をかけた。起き上がらせたところで、茅場町《かやばちょう》の大番屋へ連れて行った。

十一

大番屋の吟味部屋へ二人を押し込んだところで、倉蔵は定町廻り同心の須黒を呼び出した。

須黒は半刻ほどして現れた。酒を飲んでいたところらしく、赤い顔をしていた。

「こんな刻限に」

ぶつぶつ何か言っていた。倉蔵はそれにはかまわず、須黒を吟味の部屋に座らせた。

お鈴は閉めた戸の隙間から、中の様子を見た。隙間が開けてあったのは、倉蔵がお鈴にやり取りを見せようとしたのだと受け取った。

まず倉蔵は、熊谷屋の懐を検めた。出てきた財布には、二十四両が入っていた。

「これは何だ」

「いや、私の金で」

「都合のいいことを言うな。茂兵衛さんが集めていたはずの金高と、同じじゃねえか。おめえが金を欲しがっていたのは、すでに調べ済みだぞ」

状況証拠が調っていたし、何よりも問われて襲い掛かってきた。殺して逃げようとしたのである。懐からは金子も出てきた。

「それでもやっていねえと言うのか」

「わ、私たちは、そんなこと」

「じゃあどうして、おれたちに匕首の切っ先を向けたんだ」

熊谷屋と庄吉は、何も言えなくなった。茂兵衛を、首括りに見せかけて殺したことを認めた。

その上で、熊谷屋は言った。

「手を下したのは庄吉です。私は傍にいただけで。本当にやるとは思いませんでした」

「何を言いやがる。おめえがやれって言ってきやがったのが始めじゃねえか。首括りだと思わせればいいと言って」

仲間割れで、首を絞めたのは庄吉だと分かった。声をかけたのは、熊谷屋ということになる。

「首に帯を、ひと巻き余分に巻いたのも、おめえだった」

庄吉が続けた。

「帯がどこにあるか、分かっていたのか」

倉蔵が訊いた。

「部屋には箪笥が置いてあった。あの中だろうとは、見当がついていた」

熊谷屋が答えた。仲間割れをしても、共犯として減刑になるものではなかった。

「ふてえやつらだ」

調べの様子を見ていた須黒が言った。ともあれ事件は落着した。茂兵衛は自死をしたのではなかった。

「どっちも死罪だろうぜ」

吟味部屋から出てきた倉蔵は、お鈴に言った。

熊谷屋が懐にしていた二十四両は、翌日若狭屋に戻された。

「ああ。これで、店を手放さなくて済みます」

おときは、涙ながらに言ったとか。香典の金と合わせると二十八両で、お絹への借金を返すことができるようになった。

その日のうちに、お絹のもとへやって来た。

「まずはよかったじゃないか。でも商いは、まだこれからだよ」

金を受け取ったお絹は、機嫌がよかった。

これからおときは、商いを続けていくことになる。平穏な道ではないだろう。他から借りた金も返さなくてはならないが、すぐではない。

「ある品を、少しずつ売っていきます」

「まあ、しっかりおやり。金子が要りようになったら、いつでもおいで」

その言葉に、おときは返す言葉がなかった。上機嫌なまま、お絹はおときを送り出した。そしてお絹は、お鈴に言った。

「それにしてもあんたの目は、節穴だねえ。それじゃあいつまでたっても、一人前にはなれないよ」

調べが足りなかったことを言われた。熊谷屋と庄吉の共犯だなどとは考えもしなかった。半人前扱いをされるのが一番嫌だが、仕方がなかった。

「今に見ていろ」

と思うばかりだ。

そしてお絹は、これまで売られた読売を手にして家を出て行った。風呂敷に包んだ鉞を手にしている。

「何をするんだろ」

気になったのでついて行くと、出向いた先は読売の版元だった。

「この記事は何だい。嘘っぱちじゃないか」

と声を荒らげたのである。

「いや。あのときは、そういう流れで。それにあんたの名は、出していないですぜ」

版元の主人は、怯んだ声で言った。お絹が握っている鉞に目をやっていた。

「何をお言いだい。鉞を担いだ女の金貸しなんて、あたしの他にどこにいるんだい。いるならば探しておいで」

「それは」

「しかも善人のあたしの顔を、あんな鬼婆みたいに描いて」

これも気に入らなかったらしかった。

版元は、剣幕に押されている。

「どうしてくれるんだい。石を投げられて、悪徳金貸し呼ばわりされて。商売あがったりだよ」

「ではどうすればいいんで」

仕方がないという顔で版元は言った。

「本当の下手人が分かったこと。そして噂になった金貸しは、実は借り手を思いやる、心優しい人だったという記事を出してもらおうじゃないか」

「心優しいねえ」

呆《あき》れ顔だ。

「なんだい。不満なのかい。それならば、あんたのお陰で酷い目に遭ったことを、町奉行所や目安箱に訴えてやるよ」

「まさかそんな。お上は取り上げませんよ」

とは言ったが、少しばかり弱気な顔になった。

「それならばあんたの腕を、一度と嘘の読売を書けないようしてやろうじゃないか」

そう言って、袋に入れた銑を布の上から撫でた。取り出さなくても、形は銑と分かる。

「仕方がないですねえ」

渋々版元は応じた。

　そして翌々日には、読売が売られた。年の瀬もいよいよ迫った一日だ。風は冷たかったが、お絹は出かけて行った。

「どうだい。ごらん」

一枚を、お鈴に見せた。ちゃんと売られているか、確かめに行って来たのだ。

「これは」

その後の「嘘だ」という言葉を、お鈴は呑み込んだ。

鉄を持った婆さんの顔は、本人とは似ても似つかない慈母観音といったものになっていた。しかもだいぶ若い。昨日お絹は版元まで出向き、何度も手直しさせたのである。

鉄ばばあは、転んでもただでは起きなかった。

「それからこれは、おまえがお使い」

差し出したのは、新しい合切袋だった。若狭屋から買ってきてくれたのだと察した。

「今までは、古いのを使っていたからねえ。ありがたいと思って、大事にするんだよ」

と続けた。若狭屋の売り上げに力を貸したのだ。

「うん。ありがとう」

新しい合切袋を受け取ったお鈴は、素直な気持ちで礼を言った。鉄ばばあにも、いいところがある。

そこでお絹が言い放った。

「お代は、今日中に払っておくんだよ」

「えっ」

驚きと不満が声になった。

「使う者が払うのが当たり前じゃないか。ただで貰えるなんて、甘えちゃいけないよ」

嗄《か》れてはいるが、よく通る声だった。

第二話　旗本を強請る

一

錠前屋の跡取り豆次郎は、拵《こしら》えた錠前を本所《ほんじょ》の味噌醤油《しょうゆ》問屋に届けた帰り、両国広小路に出た。筵《むしろ》がけの見せ物小屋や露店が並び、大道芸人が呼び声を上げている。

一月も下旬になって、だいぶ春めいた日和《ひより》になった。見せ物小屋の前に立てられた幟旗《のぼりばた》が、折からの風になびいている。梅の香がどこかからにおってきた。

老若の人出は多かった。侍や僧侶の姿も見えた。江戸でも指折りの盛り場だ。

「わあっ」

歓声が上がった。拍手も起こっている。

火の輪潜《くぐ》りをやった若い男がいて、見ていた者が小銭を投げていた。豆次郎は大道芸を見るのが好きだが、たいていは人の輪の外側で見物する。前にいると、終わったところで銭を投げなくてはならないからだ。

いつも懐は寂しい。見物人の後ろから覗いて、芸が済んだらさっさとその場から引き上げる。多少見にくくても、仕方がなかった。

仕事が好きではない豆次郎は、使いで外へ出たときは、少しの間露店をひやかす。錠前造りは細かい仕事だ。手作業は嫌いではないが、少しでもしくじると義父である親方の甚五郎にどやされる。手が飛んでくることもあった。

だから肝心な部分になると緊張して、ついつまらないしくじりをしてしまう。甚五郎が不機嫌なときは、なおさらだ。

今日は特に不機嫌だから、神田小泉町の家に戻る足は重かった。

やや離れたところでは、猿回しの芸をやっている。小太鼓の音が聞こえてきた。そちらへ向かおうとしたところで、怒声が響いた。

「無礼者」

と聞こえて、びくりとした。豆次郎は、声がした方に目をやった。すぐ近くだ。

「その方、わしの刀の鞘《さや》に尻をぶつけた。そのまま行くつもりか」

「と、とんでもございません。相すまぬことで」

大店の若旦那ふうが頭を下げた。相手は二十歳をやや過ぎた頃合いの侍だ。浪人者ではない。同い年くらいの侍三人もいて、その者たちは、若旦那ふうを逃がさないように取り囲んでいた。

手慣れた動きに見えた。

声を上げた侍は絹物を身につけていて、腰の二刀の造りも立派だった。腰に印籠をぶら下げている。大身《たいしん》旗本家の子弟と察せられた。他の三人はそれほどの身なりではないが、貧し気な者はいない。

小旗本か御家人《ごけにん》の家の部屋住み、といった者たちらしかった。

「武士の魂に、汚い尻をぶつけるとは何事だ」

「そうだ。しかもそのまま行ってしまおうとするなど、許せぬ話だ」

他の侍も、声を上げた。肩を怒らせ、睨みつけている。

「いえいえ、そんなつもりでは」

若旦那ふうはおろおろしていた。ただでは済まないと感じているのだろう、半泣きの顔だった。

遠巻きにして、多くの者が様子を見ている。豆次郎もその一人だった。

「あの人、鞘に尻なんてぶつけちゃあいないよ。因縁をつけられているんだ」

「嫌だねえ。銭でも強請《ゆす》ろうというのかねえ」

傍にいる婆さん二人が話している。

「あいつら、この前もあんなふうに因縁を吹っかけて、隠居から銭を出させていたぜ」

人足らしい男が言った。

「怖いねえ。おちおち歩けないじゃないか」

婆さんは、怯えた声を出した。

「お侍も破落戸と同じことをしているようじゃあ、地に堕《お》ちたね」

他の誰かが言った。

若旦那ふうは何度も頭を下げているが、許されない。一人の侍から、胸をど突かれた。体が揺れた。

それで懐に手を入れて、財布を取りだした。頭を下げただけでは収まらない。銭で決着をつけるしかないと判断をしたらしかった。

野次馬は大勢いる。けれども止めに入る者はいなかった。豆次郎も、何もできない。自分が絡まれたらどうしようと、怯えながら見ているだけだ。

「土地の岡っ引きは、どうしたんだよ」

「こういうときには、来ないもんさ」

「そうだな、相手は武家だからな」

刀を抜いたわけではないし、若旦那ふうは傷つけられたわけでもない。怒鳴られ、胸をど突かれただけだ。

鞘に触れたことになっているから、始末が悪い。

「これは少しばかりでございますが」

若旦那ふうは、財布から小粒を取り出すと差し出した。

「ふざけるな。そんなはした金で済むと思うな」

乱暴に腕を払った。小粒が宙に飛んだ。

「無礼を働いたのだぞ。詫《わ》びの仕方も知らぬのか」

「ならば教えてやろう」

一番年嵩《としかさ》とおぼしい、二番目に身なりのいい侍が財布を取り上げた。

「お、お待ちくださいまし」

財布を奪われた若旦那ふうは慌てた。取り返そうとするが、侍は返さない。財布ごと取ろうという腹らしかった。

そこへ複数の足音が響いた。

「おおっ」

野次馬たちが声を上げた。現れたのは、五人の土地の地回りたちだった。この界隈を縄張りにする、大江屋仙八《おおえやせんぱち》の子分である。

「止めてもらいやしょう」

兄貴分の者が、頭《かしら》とおぼしい身なりのいい侍に言った。地回りたちは、縄張りを荒らす狼藉者《ろうぜきもの》として対処をしようとしていた。これまでもいろいろあった。地回りとしてはもう捨て置けないということかもしれなかった。

大江屋は、見せ物小屋の興行主や屋台店の親仁《おやじ》、大道芸人らから場所代《ショバだい》を取って商いをさせていた。たとえ相手が武家でも、あからさまな狼藉をそのままにすることはできない。

　まして侍たちは、初めてではないという話だ。

　このままでは、大江屋の面目が立たない。

「ふざけるな。ぶつかってきたのは、こやつの方からだ」

　頭らしい侍は、若旦那ふうに顎をしゃくった。

「武士の魂だぞ」

　他の者が続けた。自分たちは正当だという屁理屈《へりくつ》だ。しかしそれでは、地回りは引けない。

「それにしても財布の中身すべてではないでしょう」

　地回りの子分は、侍を怖れてはいなかった。落ち着いて話している。

「何だと、我らが盗人《ぬすっと》の真似をしているとでも申すのか」

　侍の方が、激昂《げっこう》した。そして小判二枚を抜いた財布を若旦那ふうに返した。

　それで行こうとする身なりのいい侍の腕を、地回りは摑んだ。二両は取りすぎだという考えだろう。

　多くの者が見ている。その前で地回りが、得体の知れない若侍に勝手放題をさせるわけにはいかない。

「無礼者」

侍の一人が、刀を抜くと地回りの二の腕を斬りつけた。鮮血が飛んだ。

「何をしやがる」

地回りはいきり立つが、抜刀した侍に手出しはできない。しかし日頃の無法ぶりに腹を立てていた小商人たちが、天秤棒《てんびんぼう》や棍棒《こんぼう》などを振り上げた。

「逃がすな。こいつら、盗人だ」

屋台のこわ飯屋の親仁が叫んだ。堪忍袋の緒が切れたということらしかった。

「おお、そうだ」

ここで地回りも匕首を抜いた。露天商も侍たちを囲んだ。皆が睨みつけている。こうなるともう、怖れてはいなかった。

「おのれっ」

騒ぎが大きくなり、さすがの侍もまずいと察したらしかった。刀を抜いていた侍が、人をどかすように刀身を振った。

人が避けた間を、四人の侍は走り抜けた。それぞれ別の方向へ逃げてゆく。

「待ちやがれ」

「ひっ捕らえろ。町奉行所へ盗人として差し出してやれ」

主犯格の身なりのいい侍を、怒った者たちが追いかけた。その侍は、留《とど》めていた馬に飛び乗った。

柳原通りを、西へ駆けてゆく。それを追いかけたが、馬は離れてゆくばかりだった。地回りや露天商たちは、どうすることもできなかった。若旦那ふうは二両を奪われたままとなった。

「ああっ」

これらの様子を見ていた豆次郎はため息を吐いた。恐ろしいという気持ちが大きい。豆次郎もたまにちんぴらに絡まれる。気弱そうに見えるからか。

「酷いことをするねえ」

見ていた者たちは、改めて侍たちを非難した。今度は、大きな声だ。

「あいつら、浅草寺《せんそうじ》の門前界隈でも、強請《ゆすり》やたかりをしていたぜ」

と告げる者もいた。盛り場を渡り歩いて、悪さをしているのか。とんでもないやつらだった。

お鈴は看板描きをした帰り道、柳原通りを歩いていた。商売道具を入れた、新しい合切袋を手にしている。

今日は、紅白粉を商う店の看板を描いてきた。おかめ顔の娘に、河童《かっぱ》が惚《ほ》れる絵を描いてきた。唇の部分は、朱墨を使った。

土手の梅は、満開だ。それに目をやっていると、馬蹄《ばてい》の音が近づいて来るのに気がついた。急いでいる音だ。

身なりのいい若い侍の乗った馬だ。みるみる迫ってくる。

そこへ通りかかった七、八歳の娘がいた。馬が近づいてきたので避けようとしたが転んだ。足を挫《くじ》いたのか、怖くてすくんだのか、すぐには起き上がれない。馬は避ける気配がなかった。

「あぶない」

お鈴は叫んだ。助けたいが、距離があってどうにもならない。

だがいきなり男が飛び出して、娘を突き飛ばした。そして男は、馬に蹴飛ばされた。体が鞠《まり》のように転がった。それで後ろ足立った馬は、暴れた。

「ひひん」

なだめる馬上の侍。体が激しく揺れた。このとき侍の腰から印籠が飛んだ。

馬が落ち着くと、侍は馬に蹴飛ばされた男には目もくれず馬腹を蹴って、走り去って行ってしまった。

「何てことを、するんだよ」

お鈴は叫んだが、どうにもならなかった。

蹴飛ばされた男はぴくりともしない。

「大丈夫かい」

お鈴は駆け寄った。他にも見ていた者がいて、近づいてきた。

「いくらお侍だって、酷いことをするねえ」

見ていた者は、眉を顰めた。

「ううっ」

呻き声があって、男は死んではいないと分かった。歳は三十くらいか。

「医者だよ。医者へ運ばなくちゃ」

声を上げると、近所の者が戸板を運んできた。このときお鈴は、侍が落とした印籠を拾った。そして男と娘の両方を、皆で医者へ運んだ。

娘は打ち身と掠《かす》り傷程度だったが、男は肋骨《ろっこつ》と足の骨を折る重傷だった。死ぬまでには至らないが、意識はないままだ。

「おとっつぁん」

気を失ったままの男の枕元に座った娘は、かろうじて声を出した。突然の出来事で、まだ泣くこともできない様子だった。体を震わせる。

「あんた、名はなんていうんだい」

お鈴が声をかけると、そこで初めて目に涙を溜めた。恐怖が蘇《よみがえ》ったのかもしれない。涙がさらに溢《あふ》れた。

お鈴は泣きたいだけ泣かせた。その間、背中を撫でてやった。

泣き止んだところでもう一度訊いた。名はお夕《ゆう》で八歳、男は父親の乙吉《おつきち》、神田九軒町《くけんちょう》代地の裏長屋に住む下駄《げた》の振り売りをしている者だと分かった。父親は稼ぎの途中で一度戻り、漬物にする菜を買いに行くところで遭った惨事だったとお夕が話した。

二

「自分の馬のせいで、死んだかもしれない人がいた。それをそのままに行ってしまうなんて」

お鈴は腹を立てたが、どうにもならない。どこの誰かも分からなかった。

ともあれ、できることはやった。役目が済んだと考えたお鈴は、医者の家から去ろうとした。しかしそこで声をかけられた。

「あんた、あの父娘《おやこ》の知り合いだね」

医者が言った。

「いや、そういうわけじゃないけど」

「ともあれ、治療代を貰わなくちゃならない」

「えっ」

驚いた。いろいろと指図をしていたから、親しい間柄だと思ったらしい。金額を訊くと銀二十五匁《もんめ》だった。

「そんな」

仰天した。一両はおよそ銀六十匁だから、驚きの値段といっていい。そういえば治療費は高いと聞いていた。

そこでお鈴はお夕に、親戚はいないかと訊いた。

「いないよ。おとっつぁんとあたいだけ」

「おっかさんは」

「死んだ」

このとき、お夕は目に涙を溜めた。お夕は愛らしい顔の娘だ。

「ごめんね」

申し訳ないことを訊いたと、胸が痛くなった。

「長屋の人に訊いてみます」

と告げて医者の家を出た。金銭のことに関わりたくはないが、行きがかり上、仕方がなかった。幼い娘に、押し付けるわけにはいかない。

「たいへんだったねえ」

長屋の者は案じてはくれたが、銭金の話になると別だった。

「えっ、医者代だって。あたしは知らないよ」

と返された。どこの家もかつがつ暮らしていて、ゆとりはない。

乙吉は安下駄の振り売りで、歯のすげ替えもやっていた。親戚がないというのも確からしかった。

「困りましたねえ」

大家も、店賃を取れるか案じるだけだった。仕方がないので、いったん家に帰って、看板描きで貯《た》めた金子を持ちだし立て替えることにした。他に手立てはなかった。せっかく貯めた金だが仕方がない。

このとき祖母のお絹は留守だった。

治療費は払ったが、患者を医者の家には泊められないと告げられ、近所の者に手伝わせて、長屋まで運ぶことにした。このときお夕は、どうにか立ち上がった。

そして医者は乙吉の怪我について言った。

「完治には、三、四か月はかかるでしょうな」

湿布薬をくれたが、これも高かった。長屋に着いて、狭い部屋の中を目《ま》の当たりにした。行李《こうり》一つに、薄っぺらい夜具が二組。木箱を使った仏壇が置いてあって、位牌《いはい》が一つ入っていた。

お夕の母親のものらしかった。

土間に七輪が置かれ、朝拵えたらしい味噌汁が鍋にあった。竈《かまど》もあるが、使っている気配はなかった。

乙吉とお夕の暮らしは、質素なものだった。銭の貯《たくわ》えなどなさそうだ。米櫃《こめびつ》があったので中を覗くと、麦交じりの米が二合ほどあるだけだった。

乙吉は、三か月は稼げない。お夕には、粥《かゆ》を炊いてやって食べさせた。それで引き上げようとすると、お夕に見詰められた。

心細そうな眼差しで、どきりとした。

「明日も来るからね」

と告げると、ほっとした顔になった。長屋の女房たちは悪人ではないが、三月もの間父娘を丸抱えで面倒を見ることはできない。日々をどうにか暮らしている者ばかりだった。

「あんた知り合いなら、何とかしてあげておくれよ」

隣の女房に言われた。

「今日、会ったばかりだけど」

お鈴が返す。

「あんたそれなりの家の娘らしいから、当座の暮らしの銭を貸してやるわけにはいかないかね」

と言われる始末だった。

治療費と父娘の暮らしの銭がない。けれどもそれは、お鈴にとって他人事だ。ただ理不尽な目に遭った父娘で、自分はその場面を見ていた。苦境を目にして、捨て置けなかった。

すでに銀二十五匁を立て替えていた。父娘の食費だけでなく、治療費もかかる。一両ではきかないだろうが、まずはそのくらいは必要だと思われた。

お鈴にはまだ一両の貯えはない。

「治れば働いて返せるんだから」

と口にされた。祖母のお絹は金貸しだが、振り売りをするその日暮らしの者には貸さないだろう。

神田松枝町の家に帰ると、お絹は茶の間にいた。すでに夕暮れどきになっている。

「どこをほっつき歩いていたんだい」

さっそくどやされた。夕食が遅れると叱られる。慌てて支度にかかった。どうしようかと迷ったが、食後に被害に遭った父娘の銭の件で話をした。

床の間には、袋に入れた銊が置いてある。聞き終えたお絹は言った。

「あんたそれで、銀二十五匁を出したわけだね」

「そうです。他に出せる人がいなかったので」

するとため息を一つ吐いてから言った。

「本当にあんたは、お人好しだねえ」

呆れたといった口調だった。そのまま続けた。

「それで自分はいい人だって、気持ちよくなったのかい」

「そんなことはないけど」

言い方に腹が立ったが、そこは堪《こら》えた。いつものことだ。そして当座の金子一両を借りられないかと話した。

「あんたはお人好しなだけじゃあないね。間抜けで、何にも見えていない」

「………………」

「仮に怪我が治ったとしても、ト駄の振り売りふぜいが一両もの金を、容易《たやす》く返せるとでも思うのかい」

食べて暮らした上で、利息の付いた金を返すのである。

「一年たっても、利息も返せないかもしれない」

言われてみればもっともだ。乙吉は怠け者ではなさそうだが、お夕と暮らしていくのにやっとで貯えはなかった。

「でも困っているわけだし」

これは本音だ。しかしお絹は怖い顔になった。

「あたしならば貸さないよ。何があってもね」

さらに続けた。

「銭があれば助かったっていう人は、たくさんいる。でもね、あたしが見も知らない人すべてに貸していたら、切りがない。すっからかんになっちまうよ」

「それはそうだけど」

気持ちが怯んだ。

「そのときあたしに何かあったとき、そいつらの誰かが助けてくれるのかい」

もっともな話だから、返す言葉はなかった。お絹は続けた。

「他人様にお足を借りるということは、それだけの覚悟がなくちゃあいけないんだ。甘えた気持ちじゃあ、身を亡《ほろ》ぼすだけさ」

お絹は初めての人に銭を貸すとき、いつもこういうことを口にした。どこまで本気なのか、確かめるのだ。その場凌ぎができればいいと、甘く考えている者には貸さない。

しかしここで何か思いついたらしく問いかけてきた。

「その振り売りには、八歳の娘がいるって言ったね」

「はい」

「器量よしかい」

「可愛いです」

「じゃあ、見てみよう。それによっちゃあ、貸さないこともないよ」

お絹は言った。それを聞いたお鈴はぞくりとした。返せなければ、お夕を売り飛ばすつもりだ。しかしそれ以外に、金の出どころはない。

「乙吉さんが、治ったら働けばいいいんだ」

そう考えることにした。

三

翌朝、お鈴は銭を携えたお絹と共に、乙吉の長屋へ行った。乙吉は身動きできなかったが、意識は取り戻していた。

「医者へ運んでくれたそうで。あ、ありがてえことで」

乙吉は苦しそうな顔で言った。雪隠《せっちん》へも行けないからおむつをしているらしい。洗濯物として干されていた。訊くと、お夕が洗ったのだそうな。

肋骨が折れると、息をするのも辛いと聞いたことがある。

「早く良くなるといいね」

お鈴がお夕に言った。

「済まねえ。治療代を立て替えてくれたそうで」

「そうだよ、ちゃんと利息をつりて返してもらうからね」

お絹が、にこりともしない顔で言った。同情などしていない。まだ挨拶の言葉さえ交わしていなかった。そしてお夕の顔をじっくり見た。値踏みする眼差しだ。

お夕は怯えた顔でお絹を見返した。

お絹の厳しい眼差しが、その直後には笑顔に変わった。そして満足そうに頷いた。

「暮らしの銭がいるんだろ」

乙吉に顔を向けた。口調がいく分柔らかくなっていた。

「へえ、それは」

相手が大怪我をして、やっと口を利いていても、お絹はそういうことには斟酌《しんしゃく》しない。伝えたいことを、ずけずけと言う。

「いいよ、貸そうじゃないか。一両を年利二割五分でどうだい」

「な、何とか、返しやす」

安い利率ではないが、乙吉はそれでしか急場を凌げない。頭を下げるしかなかった。

「もし返せなかったら、この娘に返してもらうよ」

と付け足した。返せなければ売るぞ、と告げたことになる。

「返しやす」

乙吉は顔を歪めながらも応じた。お絹は早速一両の借用証文を作った。こういうときの動きは早い。

乙吉は震える手で、署名をした。やっと読める、へたくそな文字だった。お絹が渡した金額は、銀三十五匁だった。昨日お鈴が出した銀二十五匁を差し引いた額である。

文句は言わせなかった。お鈴はこのやり取りを、はらはらしながら見ていた。乙吉には、早く完治して稼いでほしいという気持ちだった。

返せなければ、お絹は迷わずお夕を働かせる。躊躇《ためら》うことはない。

お絹が引き上げた後で、お鈴は米と麦を一升ずつ買ってきて、交ぜて米櫃に入れてやった。食事の支度は、お夕がするらしい。

乙吉には、重湯を拵えて飲ませた。少しでも動くと、まだ激痛が走るようだ。体を起こすことはできないから、横になったままお夕が匙《さじ》で啜らせた。

お鈴は、この父娘の状況を見るにつけて腹立たしい気持ちになる。馬を走らせ、父娘を傷つけた侍に対してだ。

子どもがいても勢いを緩めず、避けようともしなかった。そして乙吉を撥《は》ね飛ばし、そのまま行ってしまった。

「あいつは極悪人だ」

と毒づいた。

「このままにはしないぞ」

という思いだが、どこの誰かも分からない。ただ馬が暴れたときに落とした印籠が、手元にあった。

黒漆に、白く丸に花菱《はなびし》の家紋が描かれていた。素人目にも分かる極上品で、家紋のある裏側にはいくつかの掠り傷があった。これだけで探すのはたいへんだが、何かの手掛かりにはなると思った。

「あの侍が何者か、何としても探し出そう」

まずはそれが最初だ。顔は覚えている。忘れない。ただどうすればよいか見当がつかなかった。

幼馴染の豆次郎に話してみることにした。仕事中の豆次郎を呼び出す。早速話すと、思いがけない返答があった。

「きっとその侍は、両国広小路で騒ぎを起こした侍の一人だよ」

豆次郎は、その場面の一部始終を見ていたと言った。

「人相は、どうだい」

覚えているすべてを言わせた。決めつけることはできないが、お鈴が目にした面相とおおむね重なった。

「じゃあ、逃げようと慌てていて、あんなことになったんだね」

身勝手なやつだと、ますます許せない気持ちになった。豆次郎も腹を立てている。

「大江屋の親分も、手を焼いているらしい」

相手が大身旗本の子弟ならば、地回りの親分でも手を出しにくい。後で面倒なことになりかねないからだ。

「じゃあ、大江屋の親分は、やつらのことを何か知っているかもしれないね」

大江屋の親分から話を聞きたいが、お鈴が行っても相手にされない。強面の子分がたくさんいる。追い返されるのが関の山だ。

そこで大叔父の倉蔵にわけを話して、付き合ってもらうことにした。縄張りではないが、岡っ引きをしているから、まんざら知らない仲ではないだろう。

田楽屋うさぎ屋へ足を向けた。女房おトヨにやらせている店だ。夕刻になると仕事を終えた職人やお店者《たなもの》が、焼いた田楽で一杯やろうと集まってくる。

倉蔵は板場にいて、田楽の下拵えをしていた。

「若侍も、悪さがすぎるな」

お鈴の話を聞いた倉蔵は言った。二人で、大江屋の親分の住まいへ向かう。

「まったくふざけたやつらだ」

大江屋は苦々しい表情になって口を開いた。

「あいつらがやって来るようになったのは、三月くらい前からだね」

月に三、四度やって来て悪さをする。強請たかりだけでなく、屋台店を壊して面白がることもあった。

多少のことならば見て見ぬふりをするが、度重なれば黙ってはいられない。

「どうせ旗本や御家人の次三男で、気に入った婿の口がなく荒れているんだろうが」

と倉蔵は言った。

武家の次三男は、婿に行かなくては世に出られない。婿の口がなければ、厄介叔父として、生涯実家で冷や飯を食い続けなくてはならない。

「こっちは場所代を取っていますからね、そのままにはできねえんですよ」

近く用心棒を雇うつもりだとか。大江屋にしてみれば縄張り荒らしをされて、面子《メンツ》もかかっているし、腹も立てていた。

ただ若侍たちは、昨日のことで懲りて、当分顔を見せないかもしれなかった。

「すべて直参の小倅《こせがれ》で、馬を使った侍が、頭らしい。ありゃあ千石くらいの御家じゃねえかね」

他の三名はそれほどでもなさそうだとか。

「下手なことをすると、こちらが火傷《やけど》をする。用心してやらねえと」

大江屋は言った。ただ相手がどこの誰かは、分からない。その御家が町奉行あたりと繋がっていると、賭場を持つ地回りとしては都合が悪い。

目をつけられて賭場検めをやられたら、損害は大きいだろう。腰が引ける部分もあった。

「昨日は財布ごと銭を奪おうとした。明らかにやりすぎだったから、手を出した。逃がしたのは惜しかった」

大勢の目撃者がいた。それが分かるから、侍たちも逃げたのである。

礼を言って、お鈴と倉蔵は大江屋から引き上げた。うさぎ屋へ戻って、お鈴は家紋のついた印籠を、倉蔵に見せた。

「あの侍の持ち物です」

「探す手掛かりになりそうだな」

旗本武鑑を持って来て、丸に花菱の家紋を検めた。家禄《かろく》が五百石以上で二千石以内だと十六家あった。

ただ武鑑には跡取りの名しか載っていないので、次三男の名は一家一家当たらなくてはならなかった。顔を確かめなくては、特定することができない。

面倒な作業だ。旗本屋敷では、容易く中を覗くことができないので厄介だ。

「私が探ってみます」

お鈴は言った。紙に屋敷の場所と当主の名などを書き記した。

「泣き寝入りなんか、するものか」

という気持ちだ。

四

お鈴はまず、芝《しば》にある丸に花菱を家紋とする二家へ行った。

屋敷は、悪さをする場所からは離れていると考えた。顔を見られるとまずいからだ。

近くの辻番《つじばん》小屋で、番人に屋敷の主人の名を確かめた。尋ねる前に、お捻りを握らせた、一家目は、種村《たねむら》という六百石の御家だ。

「このお屋敷には、二十歳前後の次三男の若様はいますか」

「その歳の若様はいないねえ。もっと下だ」

お捻りが無駄になったが、仕方がなかった。

二家目は伴野《ともの》家である。これも辻番小屋に詰める老人に訊いた。

「その歳の若様は跡取りだけで、あとは姫様だ」

と言われた。簡単に見つかるとは思っていないので、がっかりはしない。

次は四谷《よつや》と市谷《いちがや》界隈を五家続けて廻った。屋敷を探すだけでも一苦労だった。

「いるよ。婿の口が決まったみたいだぜ」

「そうですか」

いると告げられたときは嬉しかったが、最後まで聞いて肩を落とした。

「婿の口が決まっていたら、悪さはしないだろう」

胸の内で呟いた。悪評が立って、せっかくの縁談が壊れてはたまらない。

しかし一家だけ、市谷で婿入り先の決まらない二十代前半の三男がいる屋敷があった。九百石の板倉《いたくら》という御家だ。九百坪ほどの敷地で門番所つきの長屋門だ。門扉《もんぴ》は閉じられている。

顔を確かめたいが、扉を叩くわけにはいかない。

「屋敷を出ることはありませんか」

「毎日、朝五つ（午前八時）に剣術の稽古へ行くよ」

辻番小屋の番人は教えてくれた。

さらに小石川《こいしかわ》の三家で該当しそうな若様がいる屋敷が二家あった。ただ剣術の稽古に行く刻限は決まっていない。しかし一家は、学問を習いに行く刻限は決まっていると言った。昼四つ（午前十時）だそうな。明日、確かめることにした。

板倉家をはじめとする怪しいと感じた三家には馬があって、様子を窺っているときに乗って出かけた者が一人いた。ただ馬上の侍の顔は確かめられなかった。番人に訊くと、乗っていたのは若様ではないと告げられた。

そして夕方になった。もう他は廻れないので、お鈴は乙吉とお夕の長屋へ様子を見に行った。長屋の敷地に入ると、お夕が物干し場で、大人用のおむつを取り込んでいるところだった。

「今日もお夕ちゃんが洗ったんだね」

「うん」

「たいへんだねえ」

八歳の子がするのは、並大抵ではないだろうと思った。においもある。

「ううん。おとっつぁんは、あたしを助けるために怪我をした。世話をするのは、当たり前だよ」

あっさりと言った。

「そうだねえ」

他には頼めない。八歳ならば、それは分かるのだろう。洗濯は、前からしていたとも付け足した。

「どんな体になったって、いつかは治るよ。死んじまったら、治らない」

「生きていてよかったねえ」

馬に蹴飛ばされて転がったときには、命はないと思われた。

「うん。死んでいたら、あたし行くところない」

ぼそりと言った。その心細さが、胸に染みた。お鈴は火事で両親を亡くしている。お絹に拾われたが、幼くして親を失う怖《おそ》れの大きさはよく分かる。

「幼い子どもに、こんな思いをさせて」

侍に対する憤りが、また胸に湧き上がった。

翌日、お鈴は朝五つ前に市谷の板倉屋敷へ行った。剣術の稽古に出るという二十歳前後の若様の顔を、確かめなくてはならなかった。

長屋門が見える辻番所近くに立った。心の臓が騒ぐ。だいぶ早めに着いてしまった。

刻限になって、門脇の潜り戸が軋《きし》み音を立てて開かれた。若様らしき侍が出てきた。馬には乗っていない。すぐに辻番小屋の番人に問いかけた。

「あの人ですね」

「そうだ」

侍の顔をお鈴は凝視したが、体から力が抜けた。似ても似つかない顔だった。

次は小石川だ。昼四つ頃になって若侍が出てきた。固唾《かたず》を呑んで見詰めたが、これも違った。

もう一家、小石川には確かめなくてはならない御家があるが、その前に他にも廻ってみなくてはならない。

本郷《ほんごう》と湯島《ゆしま》界隈に足を向けた。三家当たって、二家それらしい若様がいることが分かった。そのうちの一家は、辻番と話している間に、若様が出てきて違うとはっきりした。

顔を見るたびにがっかりする。あの侍に出会えないまま、十六家を廻り終えてしまうのかと不安になった。

出向きながら確認できていないのが、小石川と本郷の屋敷である。これは再度当たることにした。

さらに谷中《やなか》と浅草《あさくさ》の一家ずつへ行った。千石を超す御家もあるが、二百石ぎりぎりの屋敷もあった。この二つは、該当しなかった。

残り一家は本所となる。お鈴は大川の向こうへ行く前に、小石川と本郷を当たることにした。屋敷近くに辻番小屋がないところもある。門前にいて、中間や若党が出てくるのを待って、直に尋ねるしか手立てはなかった。

まず小石川の屋敷へ行った。御目見《おめみえ》であっても、長屋門の造りからして御大身ではなさそうだった。

一刻（約二時間）待って中間が出てきた。強面の中年だが、お鈴にしてみれば、怯んではいられなかった。

「こちらのご次男様、あるいはご三男様ですが、一昨日は馬で外出をなさいましたでしょうか」

辻番より小銭を多めにして訊いた。

「お出かけになったが、馬ではなかった」

この屋敷には馬はなかった。それだけ聞けば用済みだ。旗本とはいっても、ぎりぎりの二、三百石の御家では、馬を飼っていないところも少なくなかった。

本郷竹町河岸《たけちょうがし》通りへ行った。間口三十間で門番所付きの長屋門である。廻った中では、一、二に高禄の旗本屋敷だ。

建物の手入れや掃除は、行き届いている。

そろそろ出会っていいはずだった。半刻（約一時間）ほど待って、二十歳前後の若党が出てきた。そこで声をかけ、同じことを尋ねた。

「ああ一昨日は、馬で出かけたな」

これで可能性が濃くなった。

「若様に御用か。文ならば渡してやるぞ。少々高いがな」

親指と人差し指で丸を作った。卑し気な笑いをした。何か勘違いをしたらしい。

「いえ、そういうことでは」

後ずさりをすると中間は行ってしまった。ならば何としても、若様の顔を確かめなくてはならない。

お鈴はここで夕暮れ近くまで待ったが、当人は姿を現さなかった。この屋敷は、千石取りで御使番《おつかいばん》の旗本坂部伝左衛門《さかべでんざえもん》の屋敷だった。

五

翌日お鈴は、正午までに済ませなくてはならない看板描きの用があった。前から約束をしていたところなので、変更はきかない。新店で、開店に合わせて入口の腰高障子に屋号と絵を描く。

だから坂部屋敷を見張ることはできなかった。

ただ仕事先へ行く前に、乙吉とお夕の長屋へ寄った。その程度の時間はあった。二人の様子を見ておきたかった。

「おとっつぁんが雪隠で用をたせるようになった」

お鈴の顔を見ると、お夕が真っ先に言った。大人の介添えがいるが、これでおむつを洗う手間はなくなった。

乙吉にしたらまだ痛みがあって辛いかもしれないが、お夕に洗濯をさせなくて済むのは、気が休まるだろう。

「よかったね」

お夕と乙吉のために喜んだ。そしてお鈴は、あの馬の侍を探していて、坂部屋敷にまで辿《たど》りついた。もう少しで見つかるかもしれないと話した。

「ほんと」

お夕は、目を輝かせた。ただ仕事があるので、昼前一刻半くらいは見張れないのだと伝えた。するとすぐに答えた。

「その間、あたしが見張る」

「えっ」

「馬のお侍の顔は、覚えているから」

きりりとした表情だった。怒りもある。乙吉の世話は、昼までならば長屋の人に頼めると言った。

「そうかい。ならばやってもらおうか」

八歳の子どもで大丈夫かとも思ったが、お夕も力になりたいのだと分かる。子どもならば、かえって気づかれないかもしれない。

「分かった。手伝ってもらおう」

竹町の坂部屋敷まで連れて行った。

「いいかい。顔を確かめるだけだよ。他のことは、一切しない。気づかれたら、何をするか分からないやつだからね」

「うん」

顔を確かめても、その場にいて動かない。跡をつけたりしないと約束させた。坂部屋敷の前まで二人で行って、門扉を見張るのに都合がいい樹木の根方に身を隠させた。

幸い晴天で、暖かい日和だった。

一人になったお夕は、正門が見える大木の陰に身を置いて、見張りを始めた。大きく息を吸った。

お鈴の後ろ姿が見えなくなると、心細さが一気に襲ってきた。知らない武家地である。しんとしていて、道に人の気配はなかった。たまに小鳥の囀《さえず》りが聞こえるばかりだ。現れるのは、自分とおとっつぁんを馬で蹴散らし、死ぬかもしれない目に合わせた侍だ。他でも悪さをしていると聞いた。

人通りは少ないが、たまに人は通る。足音を聞いてどきりとした。父親よりも歳が上の侍だった。

お夕には気づかない様子で通り過ぎた。

坂部屋敷の門扉は動かない。しばらくして、また足音が近づいて来た。老人といっていい歳の侍だった。中間を供にしていた。

老人はお夕に気づいたらしく目を向けたが、何も言わずに行き過ぎた。無視ならばいいが、じろりと見られると緊張した。

逃げ帰りたい気持ちと闘いながら、お夕は大木の根方に蹲って見張りを続けた。

「おとっつぁんを、あんな目に合わせたやつの顔を確かめたい」

　この思いがお夕の胸を占めている。

　それからずいぶんときがたった。じっとしているから、なおさら長く感じた。お鈴に早く戻って来てほしいという気持ちも芽生えてきた。

　そしてついに、門の潜り戸が内側から開かれた。どきりとしたお夕は、生唾を呑み込んだ。

　目を凝らしていると、侍が一人出てきた。その顔を見て腹の奥が熱くなった。あの馬上の侍だったからだ。

　潜り戸は閉じられ、あの侍はそのまま歩いて行く。

　つけるなと、お鈴からは言われていた。けれどもどこへ行くのか、確かめたかった。何か、分かるかもしれない。

「行こう」

　腹を決めて、追いかけることにした。侍は、どんどん離れて行く。お夕は小走りになった。

　町地へ出た。商家が並ぶ表通りだ。

　蕎麦屋《そばや》があって入ろうとしたところで、後ろを振り向いた。急いでいたお夕は、慌てて立ち止まった。

そこで侍と目が合ってしまった。

「何だ」

怖い目を向けられた。お夕を覚えていないようだ。

怖くなって逃げ出した。すると追いかけてきた。大きな体だ。足も速い。捕らえられそうになったところで、誰かが二人の間に駆け込んできた。

「お待ちくださいまし」

お鈴の声だった。そして侍に向かって頭を下げた。

「妹が、何かご無礼をいたしましたでしょうか」

と告げた。驚いたが、その侍は舌打ちをしただけだった。何か言ってくるかと思ったが、それはなかった。

お夕のことだけでなく、お鈴が何者かも分かっていない様子だった。


仕事を終えたお鈴は、急いで坂部屋敷に向かった。仕事はいい加減にはできない。精いっぱい丁寧にやった上でのことだ。

「心細い思いをしているだろう」

竹町まで戻って来て、そこで見かけたのは、出かけて行く若侍と跡をつけるお夕の姿だった。まず侍の顔に目をやった。

やはり、あのときの侍だった。

「危ないからつけてはいけないと言ったのに」

と呟きが出たが、責める気にはならなかった。どこへ行くのか、お鈴も知りたかった。

しかし湯島一丁目の蕎麦屋に入ろうとしたところで、お夕は気づかれた。そのまま知らぬふりをして歩けばよかったが、子どもではそれはできないだろう。

お夕が追いかけられたため、お鈴は慌てて近づき間に入った。妹が何かしたかと問いかけたとき、気持ちに怯みはなかった。周囲には、たくさんの人がいた。

「ううむ」

「あんた、何かしたのかい」

「何にも」

俯《うつむ》きながらお夕は首を横に振った。お鈴はまわりの人々を見回してから、相手に目をやった。分が悪いと侍は感じたらしい、何も答えず行ってしまった。騒ぎを起こしたくなかったのだと察せられた。

ほっと一息ついた。

「危ないことをしてはいけないと言ったでしょ」

「ごめんなさい」

何であれ、あの侍が坂部家の者で、破落戸侍の頭であることは分かった。

「あの侍は、お夕ちゃんが誰か分かったのかしら」

「分からないと思う。あたしを見て、何だ、って言ったから」

「そうかい。自分がしたことさえ、ちゃんと覚えていないわけだね」

それも腹立たしかった。馬で蹴散らそうとした子どもだ。

「人の命を何だと思っているんだい」

お夕をいったん長屋へ戻し、お鈴は再び坂部屋敷へ足を向けた。辻番小屋へ行って、番人に銭を与えて訊いた。

「さっき出て行った、あのお屋敷の若様の名が分かりますか」

「あれは、伝次郎《でんじろう》様だね」

名も分かった。

六

お鈴はそれから、伝次郎が入ろうとした湯島一丁目の蕎麦屋へ行った。すでに伝次郎の姿はなかった。

かけ蕎麦を注文してから、中年の女房に問いかけた。

「今まで、お侍が来ていませんでしたか」

「いましたよ。四人」

蕎麦で酒を飲んだとか。長居はせず、お鈴が顔を出す少し前に出て行ったという。

「四人は、よく来ますか」

「まあ、月に何度か」

二十代前半から、半ばくらいの歳で、直参の部屋住みだろうと女房は言った。代を払うのはいつも決まっていて、一番家禄の高そうな家の者だそうな。

「坂部さまですね」

「そうそう、そういう名ですね」

「他の方の名は」

「さあどうだったかねえ。服部《はっとり》とか篠田《しのだ》とかいう名は聞いた気がするけど」

はっきりしたところは分からないようだ。

「どういうお集まりなのでしょうか」

「同じ剣術道場のご門弟みたいだけどね」

「どちらのでしょう」

「道場の名は分からないけど、湯島天神近くだと思うよ」

蕎麦屋では、乱暴を働くことはないようだ。両国広小路と比べれば、だいぶ近い。屋敷に知られるのはまずいということか。

ここまで分かれば大助かりだった。湯島天神近くに剣術道場があるとは知らなかったが、とにかく天神社地門前町へ行ってみた。

通りかかった豆腐売りの爺《じい》さんに問いかけた。

「あるよ。無外《むがい》流の道場が」

指差された方向へ行ってみると、掛け声や竹刀のぶつかる音が聞こえてきた。活気があって、お鈴は気持ちが浮き立つ。

門前で様子を見ていると、稽古を終えた二十歳前後の門弟が出てきた。お鈴は丁寧に頭を下げてから、問いかけた。

「坂部さまとか服部さま、篠田さまという名のご門弟をご存じでしょうか」

道場にいたら面倒だが、四人は蕎麦屋で酒を飲んでいた。もう道場へは来ないと予想した。

門弟は、慎重な顔になった。

「存じているが、どのような用か」

「ちと、お尋ねしたいことがありまして」

「うむ」

「それがしは、よくは知らぬ」

迷惑そうな顔になって行ってしまった。町人の自分が、武家のことをあれこれ訊くのが無礼なのかと考えた。

しかしやめるわけにはいかない。

次に出てきたのは、六十年配の白髪交じりの侍だ。恐る恐る声をかけ、四人組について尋ねた。

「あやつら、何かしでかしたか」

と逆に訊かれた。

「まあ」

相手がどういう人か分からないので、言葉を濁した。

「坂部伝次郎さまの他は、服部さま、篠田さま、それにもうお一人」

名を知りたいと伝えた。怒鳴られたら、それで引き上げるつもりだった。

「服部彦之助《ひこのすけ》、安藤留蔵《あんどうとめぞう》、篠田平四郎《へいしろう》だ。いずれも直参の家の者だが、坂部を含めてすべて次三男だな」

「はあ」

武家の次三男の話は、前に聞いた。坂部家と服部家は御目見だが、他の二人は違うとか。御目見という言葉については、お鈴には意味が分からない。

「服部の屋敷は水戸藩上屋敷の裏だが、他の者の住まいは知らぬ」

思いがけず侍は、親切だった。四人が稽古に来るのは一日おきで、昼四つくらいだという。

「何かされたのだな」

「私ではないですけど」

「やつらは心持《こころもち》が荒れていてな、いろいろと事を起こす。気をつけるがよかろう」

「どうして、荒れているのでしょう」

「なかなか婿の口が、決まらぬからではないか」

言い残すと立ち去って行った。

松枝町の住まいに戻ると、お鈴はお絹に、御目見について尋ねた。

「何で急にそんなことを訊くんだい」

と返された。乙吉とお夕の件を調べていると話した。金を借りた後は、馬上の侍について何も話していなかった。

「あんたは、身の程知らずのお人好しだねえ。呆れたもんだよ。そのお侍に、仕返しをしようというのかい」

見下すような目を向けた。返事ができずにいると続けた。

「しょせんは他人事じゃないか」

「せめて済まないと謝らせ、治療の代くらい出させたい」

「馬鹿をお言い。婿の口がない直参の次三男なんて、ろくなやつじゃないよ。いろいろなところで悶着《もんちやく》を起こしている」

「でもちゃんと話せば」

「だから甘いっていうんだよ。そんなこと、するわけがない。謝るくらいなら始めから、医者へ連れて行くよ」

　と言われて、そうかもしれないと思った。

　目の前に娘がいると承知で、馬を走らせたのだ。大江屋の子分たちに追われて、自分が逃げることとしか考えていなかった。

　ただそれで納得するお鈴ではない。乙吉は死の瀬戸際までいき、お夕は下手をすれば売られてしまう事態になった。

「泣き寝入りなんて、したくない」

　という気持ちだ。それでもお絹は、尋ねた言葉の説明をしてくれた。

「御目見というのは、将軍様に会える身分ということだよ。旗本っていうわけだね」

「…………」

　聞いて息を呑んだ。豪壮な坂部屋敷の様子が頭に浮かんだ。とんでもない大物が相手だ。

「たとえ次三男でも、御目見旗本家が二家も関わっていたら、面倒だよ。町人と何かあったら、あいつら、みんなこっちが悪いことにしやがるんだから」

お絹は、いかにも腹立たし気に言った。これまでに、侍と何か悶着があったのかもしれなかった。

坂部らは、話して分かる相手ではなさそうだ。道場から出てきた老武士の話では、やつらはいろいろなところで、同じようなことをしている様子である。

とはいえ悔しい気持ちは、それでは収まらない。

七

そこでお鈴は隣町の小泉町へ行って、仕事中の豆次郎を呼び出した。

「またかい」

迷惑そうな顔をしたが、気にしない。

まず四人の無法者の、身元が知れたことを告げた。

「よく、調べたねえ」

驚いた豆次郎は、次は何を言い出すかと怯えた顔をした。そのことで呼び出されたと分かるからだ。

「あたしは、気持ちが収まらない。あんな酷いことをするのを目の前で見て、そのままにできるわけがない」

「そ、そりゃあそうだけど」

完全に逃げ腰になった。逃げ場を塞いで、言葉を続ける。

「お夕という子だって、不憫《ふびん》じゃないか。あんたは、何も思わないのかい」

「まあ、可哀《かわい》そうだよ」

「ならば放っておいちゃいけない」

と決めつけた。

「じゃあ、ど、どうするのさ」

「屋敷へ行って、直に文句を言ってやるんだ」

昼四つに、一日置きに剣術の稽古に出る。そのときを狙うのだ。

「そんなことをしたら、き、斬られちまうんじゃないのかね」

蒼ざめた。

「だから、助けてもらいたいんだよ」

「誰に」

「あんたにだよ」

「まさか、そんなこと。旗本を相手に、できるわけがない」

声を震わせた。

豆次郎に間に入ってもらっても、何もならないことは分かっている。また話したところでどうにもならないことも、承知の上だ。それでも恨みの丈は、侍たちに伝えたかった。特に坂部伝次郎という侍にだ。

相手が誰だか分かった以上、そのままにはできない。

「あんたは、離れたところにいてくれていいんだよ」

もし伝次郎のやつが何かしたら、そのときは叫びながら、町へ駆けてほしい。自身番へ行って、娘が侍に襲われて斬られそうだと言ってくれればいい、と話した。

「それで、大丈夫かね」

大丈夫かどうかは分からない。お鈴にしても、斬られるのは真っ平だと思っている。ただ自分の屋敷の前で、娘に斬りつけることはしないのではないか、という気持ちはあった。

辻番にも、見ていてくれと伝える。

「おいらには、そんな手伝いはできないよ」

背筋を震わせた後で、豆次郎は言った。

「ふん。意気地なし」

悪党旗本への怒りとは別に、怯えているだけの豆次郎にも腹が立った。

「分かったよ。あんたなんかに頼まない。あたし一人でやるから」

「……………」

豆次郎はどきりとした顔になったが、手伝うとは言わなかった。

「あんなやつ」

罵りながら家へ帰ったが、その気持ちの裏には恐怖があった。お鈴は幼い頃から、倉蔵に揚心流の柔術を習った。破落戸の一人や二人ならば、怖れることもない。しかし剣の達人が相手ならば、勝負にならないだろうと思った。


そして翌日昼四つ前、お鈴は坂部屋敷へ向かった。お絹は廊下の陽《ひ》だまりで、鋏を布で磨いていた。いつ見てもぴかぴかで、顔が映る。

お絹に、行き先は伝えなかった。

恐怖はあるが、豆次郎に啖呵を切ってしまった以上、止めることはできなかった。腹に力を入れた。

袂には、侍が落とした印籠を入れている。いざというところで見せて、出来事の証拠にするつもりだった。

剣術道場へ行くはずだから、出てくるのは間違いなかった。辻番小屋の番人の老人には、重めのお捻りを与えて、これから起こることをちゃんと見ていてくれと伝えた。

それから聳《そび》えるような、豪壮な長屋門を見詰めた。お鈴が拳で力いっぱい叩いても、びくともしないだろう。

待つほどもなく、潜り戸が内側から開かれた。伝次郎が姿を現した。心の臓は破裂しそうだが、お鈴は覚悟を決めて近寄った。

潜り戸はすぐに閉じられた。

「坂部伝次郎さま」

声をかけると振り向いた。

「その方は、昨日の」

覚えていたようだ。

「昨日の女の子の顔を、他で見た覚えはございませんでしょうか」

「はて」

思い出せないらしい。不機嫌な表情になって、そのまま行ってしまいそうになった。

「あの子どもは、伝次郎さまが柳原通りを馬で走っていて、蹴飛ばしそうになった娘ですよ」

「何だと」

一瞬どきりとした顔になったが、すぐにもとに戻った。反応はそれだけだった。

「だから何だ」

「あの子を守ろうとしたおとっつぁんは、伝次郎さまの馬に蹴られて、死ぬ瀬戸際までいきました。いまだに起き上がれないままです」

話しているうちに、怒りが込み上げてきた。まるで他人事のような口ぶりだ。旗本ともあろう家の若様としては、あまりにも卑怯ではないか。

「治療費がかかり、働くこともできなくなりました。そのために、借金までしたんです。返せなかったら、あの子は売られることになります」

これでも、怒りを抑えて口にしていた。

「だからどうした。身に覚えのないことだ。余計なことを申すな」

睨みつけられた。腹を立てているのは間違いない。

「ただでは済まぬぞ」

前に踏み出した。

「どうしようっていうんだい」

恐怖を打ち払うように、より高い声を上げた。黙っていたら、怯んでしまいそうだった。それに大きな声を出せば、付近の屋敷にも聞こえるのではないかと考えた。

「その無礼。許さぬ」

「許せないのは、こっちだよ」

と返した。

「おのれっ」

腰の刀に、手を触れようとした。

「刀を抜いたら、ただじゃすまないよ。あたしはここへ来ることを、家に置手紙してきたんだ。あんたのしたことを全部書き残してね」

「何だと」

「あたしが帰らなかったら、あたしのおとっつぁんが町奉行所へ訴えるよ。読売にも載せるよ」

精いっぱいの啖呵だ。これは一晩考えたものだ。

「ふん。正気か」

相手にしても仕方がないと思ったのかどうかは分からないが、それで行ってしまおうとした。刀に手を触れることはなかった。

「逃げるんだね。卑怯者」

お鈴はまた叫んだ。伝次郎はむっとした顔で振り向いたが、このとき屋敷から棒を手にした中間が二人出てきた。

「狼藉者」

棒を横にして、伝次郎とお鈴の間に入った。伝次郎はそれで行ってしまおうとした。

「邪魔をするな」

お鈴は、中間たちに向かって言った。伝次郎を追いかけようとすると、二人の中間はほぼ同時に、棒を体に押し付けてきた。強い力だ。体がふらついた。

得物を手にした男二人が相手では、どうにもならなかった。

伝次郎はその間にこの場から離れて行ってしまった。伝次郎が見えなくなると、中間たちはすぐに門内に引き上げた。

お鈴はそれで、地べたにへたり込んだ。疲れと恐怖が蘇った。袂に印籠が入ったままになっていることに気がついた。

証拠として、ちゃんと使えなかったことも悔しかった。

そこへ、誰かが近づいて来た。顔を上げると、豆次郎だった。

「どうなるかと思って、怖かったよ」

昨日は手伝えないと言ったが、案じてつけてきたのだと分かった。けれども、ありがたいとは思わなかった。

「何だよ。知らんぷりしていたくせに」

怒りが爆発した。涙が一気に溢れ出てきた。お鈴は立ち上がって、泣きながら歩いた。堪えようとしても、涙が溢れ出てきた。

「だってさあ、相手はお侍だし」

「ふん。薄情者」

「何かあったら、自身番へだって行くつもりだったんだ」

言い訳をしながらついて来る。それも腹立たしい。

「ついて来るな」

どやしつけると、半べそになった豆次郎はその場に立ち尽くした。

「意気地なし」

吐き捨てるように言うと、お鈴は豆次郎をほったらかして家に帰った。

八

お鈴が家に帰ると、お絹は茶の間にいて、饅頭《まんじゅう》でお茶を飲んでいた。

「あんた、泣いたね。何があったんだい」

こちらの顔を見て、すぐに言った。家に上がる前に涙は拭いたつもりだったが、お絹は気づいたらしかった。

「何でもないよ」

「馬鹿をお言いじゃない。何もなくて、あんたが泣くわけがないだろ。図太いんだから」

お絹に図太いと言われるいわれはないが、よく見ているとは思った。

「何があったのか、話してごらん」

こう告げたら、お絹は聞くまで梃子《てこ》でも動かない。話せば叱られるとは思ったが、誰かに話したい気持ちもあった。

坂部屋敷へ出向いた顚末《てんまつ》を伝えた。印籠を証拠に使えなかったことにも触れた。

「ほんとにあんたは、間抜けだねえ。だから言ったじゃないか」

聞いたお絹は返してきた。

「そうなるのは見えていた。斬られなかっただけでもよかったと、思わなくちゃいけないね」

そうかもしれないが、納得はいかない。

「でも、逃げて行ったというのは気になる」

「どう気になるの」

「無礼打ちにしても、おかしくはない。ただそうなるといくら町人だって、お調べが入る。死んだんだからね。それが嫌だったんだよ」

お鈴は、町奉行所や読売の話をしていた。

「お調べが入ったら困るの」

「困るだろうさ。してきた悪さが公になるんだから」

「公になったって、また知らんぷりをするだけじゃないの」

「普通ならそうさ。でも坂部家には、評判になるだけでも都合が悪いことがあるんじゃないかね」

なるほどと思った。さすがにお絹は狡知《こうち》にたけている。

「もし印籠のことを話していたら、間違いなく取り上げられていたよ」

「そうだね」

認めざるを得ない。そうなると、確かなものは何もなくなる。

「あんたみたいに、正面から行ったって相手にはされないよ。逆にやられるだけさ」

「じゃあ、どうすればいいのさ」

不貞腐《ふてくさ》れた気持ちになった。

「伝次郎か坂部家を探ってみればいい。どこかに必ず弱みがあるよ」

お絹らしい策だが、その手しかないと思った。

「探るったって、どうすればいいんだか」

頼りたい気持ちがあった。

「そんなこと、自分で考えるんだ。甘ったれたことを言うんじゃないよ」

こう返されると、次の言葉が出なかった。


翌日お鈴は、坂部屋敷の近くまで行った。昨日のことがあるから、見つからないように注意した。屋敷に引きずり込まれてはたまらない。

旗本などと偉そうにしていたって、何をしでかすか知れたものではないというのが、ここ数日で学んだことだった。

表門を見ているだけでは何も起こらないから、屋敷の周辺を歩いてみた。そこで裏門に気がついた。

今日は、こちらで見張ることにした。中間か若党が出てきたら、屋敷内のことを尋ねてみるつもりだった。多めのお捻りを用意していた。

じれったくなるほど待ったころ、商家の番頭ふうが現れて立ち止まった。荷を背負った小僧を連れている。

潜り戸を叩いて中に呼びかけた。

「神田明神下の出雲屋《いずもや》でございます」

というのが聞こえた。するとすぐに潜り戸が開かれた。出入りの商人だと分かった。

「こちらの方が、何か分かるかもしれない」

お鈴は呟いた。屋敷の者に訊いても、都合の悪いことは口にしないだろう。神田明神下へ出向いて、出雲屋を探した。

すると同朋町《どうぼうちょう》に出雲屋という屋号の呉服屋があった。同じ屋号の店は、表通りにはなかった。

そこで店の前で小僧に指図をしていた手代に声をかけた。手早く小銭を握らせた。

「こちらでは、お旗本坂部さまのお屋敷に出入りをなさっているのでしょうか」

「ええ、していますよ」

胸を張って返してきた。旗本家に出入りしているのは、誇らしいことらしい。

「旗本家に御用なんて、すごいですね」

とまず相手を立てた。

「まあね」

「坂部さまでは、何か変わったことがおありのようですが」

と鎌をかけてみた。

「ええ、跡取りの伝之助《でんのすけ》様が近く祝言をお挙げになるとか」

「それはおめでたい。決まったのですか」

笑顔になって、喜ぶふりをした。

「決まりそうということで、贈答の着物を選ぶとか」

「なるほど、それでこちらの着物を」

「そうです」

「お高いんでしょうねえ」

ため息を吐いた。

「まあ」

「お相手は、よほどのご身分の方で」

「ええ、二千石だと聞きました」

坂部家の倍だから、家格も上だろう。

「何というお屋敷で」

「辻岡《つじおか》様といったか」

屋敷の場所までは分からない。そこまで聞いて、出雲屋から離れた。格上の御家との縁談がある。坂部家にしたら、まとめたい話だろう。

お鈴は、倉蔵のうさぎ屋へ行った。倉蔵は留守だったが、おトヨがいたので旗本の武鑑を貸してもらった。

辻岡という二千石の旗本について当たった。紙をめくってゆく。すると作事奉行を務める辻岡陣内《じんない》という旗本が浮かび上がった。他に該当者はいなかった。

辻岡の屋敷は駿河台《するがだい》だった。

九

出向いて何が分かるかは不明だが、ともあれ行ってみようとお鈴が思っていると倉蔵が帰ってきた。これまでの顚末を話して聞かせた。坂部屋敷へ行ったことや、お絹に言われたことなども伝えた。

「お鈴は、ずいぶん無茶をする」

呆れた顔をしたが、お絹の「間抜け」という言葉よりはましだった。

「それにしても、作事奉行とは大物だな」

江戸城及び関連施設の造営修繕を掌《つかさど》る役だと教えられた。多数の配下を持ち、その修理の折には多額の金子が動くとか。

「お鈴が屋敷へ行っても、分かることなんて何もねえぜ」

と言われた。それはそうだ。坂部屋敷も、見ているだけでは分からなかった。辻岡はさらなる大物だから、どう手を付けたらいいのか見当もつかない。家臣の数が多くなれば、渡り者の中間や小者では、主家の事情は分からないだろう。

「じいちゃん、何か手はないかしら」

お絹だったら、相手にされない問いかけだ。

「そうだな」

少しばかり考えてから、倉蔵は口を開いた。

「おれの縄張りの中で、御作事方の下奉行の家に足袋を納めている店がある。そこを通して、お作事奉行辻岡家について訊いてみよう」

「ありがたいね。助かるよ」

お鈴が小銭を渡して訊ける相手ではないので、それしか手立てはなかった。隣町の足袋屋である。

御作事方下奉行は家禄百俵で、八人いるとか。訪ねる御家は、そのうちの一家だった。早速、倉蔵に連れられて足袋屋へ行った。辻岡家の姫の嫁入り話について、知っていることを教えてもらうという流れだ。坂部伝次郎の件には触れない。

「倉蔵親分のお申し出ですからね、ご案内いたしますよ」

足袋屋の初老の主人は言った。すぐに手代を走らせると、夕刻七つ（午後四時）過ぎならば訪ねて来てもよいとの返事を持ち帰った。

「話を聞くわけですから、何か手土産があった方がいいでしょう」

主人が言った。そこで鰹節《かつおぶし》一本を調えた。指定の刻限に三人で訪ねた。

下奉行は笠原《かさはら》兵典《ひょうすけ》といって、浅黒い剣術家を思わせる風貌の中年の侍だった。

「辻岡様についてお話を伺いますが、ご迷惑をおかけすることではありません」

倉蔵が改めて頭を下げた。知りたいのは辻岡家というよりも、そこの姫と縁談が起っている坂部家についてだと伝えた。坂部家と笠原家は、何の繋がりもない。

「いかにも、辻岡家には十八歳になられる姫がおる。そろそろ嫁ぎ先を決めねばならぬ歳であろう」

笠原が、倉蔵の問いに答えた。足袋屋との間は良好なようで、来訪を迷惑がってはいなかった。

「お相手は、決まったので」

「決まったとは聞かぬが、有力な相手がいると聞いておる」

「それが御使番の坂部様でございますね」

「今のところ、最も有力な家であろう」

「では坂部家の他からも、縁談はあったわけでございますね」

「もちろんだ。姫ごはご器量よしだが、それだけではない。辻岡家は大名家にも縁者がある。閣僚にも話ができるお家柄じゃ」

「すごいですね。ならば辻岡様は、さらにご出世をなされるのでは」

　感心した口調で倉蔵は言った。

「まあ、なられるであろうな」

　笠原は、当然といった表情だ。

「そういうお家柄ならば、姻戚になりたいというお旗本は、少なくないのでございましょうね」

「それはそうだ」

「では、その嫁ぎ先が坂部家に決まりそうになったのには、よほどのことがあったのでございましょうか」

「まあ、尽力をしたのであろうよ」

尽力の具体的な中身について、笠原は知らない。ただお鈴はやり取りを聞いて、坂部家が神田明神下の出雲屋から反物を買ったという話を頭に浮かべた。他の進物も、しているのかもしれない。

跡取りの伝之助については、悶着を起こすような人物ではないとか。

「坂部様のことは、何かお聞きで」

「やり手なのは聞いておる。御使番で終わる御仁ではないらしい。だからこそ辻岡様も、話を進めようとなされているのではないか」

坂部家が置かれている事情が見えてきた。

「辻岡様は、なかなかの人物でいらっしゃるのでございましょうね」

倉蔵は、話題を変えた。

「いかにも。おおらかではあるが、お役目の遂行には厳しい」

「なるほど、上に立つ方でございますね」

「いかにも。不正などあれば、許されぬ」

「では坂部家に何か問題があったならば、どうなりますか」

「縁談は壊れるであろうな」

下奉行はきっぱりと言った。これで三人は、下奉行の屋敷から辞去した。小泉町で足袋屋とも別れた。

お鈴と倉蔵は、二人だけになったところで話をした。

「坂部家としては、何としても跡取りの縁談をまとめたいところでしょうね」

「跡取りの兄はいいところから嫁を迎え、伝次郎は気に入った婿の口がない。憂さを晴らしたかったわけか」

「そんなこと、言い訳にもならないよ」

お鈴は返した。ふざけるな、という気持ちだ。

「他の三人も、同じようなもんだろう。婿の口が決まっていたら、無茶なことはしない。武家として、日の当たる道を歩けるわけだからな」

「だったら、必死になって婿の口を探せばいい。うまくいかないからって、町の弱い者に当たることはないよ」

何であれ一番許せないのは、馬を乱暴に走らせた坂部伝次郎だった。坂部家の事情は分かったが、ではどうすればいいか、思案のしどころだった。

「ただそうなると、伝次郎は己のしたことを認めないだろうね」

気持ちが重くなった。

「そうだな。辻岡家との縁談が壊れれば、伝左衛門の出世が遠のくわけだからな」

伝次郎は坂部家の中では、立場をなくす。

十

「なるほど、坂部家にはそういう事情があったのかい」

お鈴から話を聞いたお絹は、満足そうな顔で頷いた。倉蔵も一緒にいる。

「伝次郎っていうのも、堪え性のない間抜けだねえ。じっとしていればいいものを」

お絹は容赦がない。

「しかしてめえの落ち度は、容易くは吐きませんぜ」

「性根が腐っているやつは、往生際が悪いからねえ」

「どうしたら、一泡吹かせてやれるんだろう」

乙吉の治療費と当座の暮らしの銭を出させてやりたいのが、お鈴の気持ちだ。もちろん伝次郎には、熱いお灸《きゅう》をすえてやりたい。

「あんたも、ここまで調べたんだからねえ」

お絹が珍しくねぎらった。気味が悪いが、一応頷いた。

「そうだよ」

「まあ、考えてみよう。それでうまくいったら、あたしも割り前をいただくからね」

「それはまあ」

お絹なら、断るまでもなく、そうするだろう。それがなければ、絶対に手は出さない。ただ「うまくいく」とはどういうことなのか、見当もつかなかった。

お絹には、考えがないわけではなさそうだ。

「ちょいと、出かけるよ」

お絹は倉蔵に声をかけると、二人で出かけて行った。お鈴は誘わない。伝次郎か坂部家を懲らしめるための用事だというのは見当がつく。


二人が出て行った後で、お鈴はしくじった昨日のことを振り返った。あくまでも「身に覚えがない」と言い張った伝次郎の顔が、悪鬼に見えた。

印籠を持って坂部屋敷まで出向いたのに、せっかくの品をうまく使うこともできなかった。

お絹の言う通り、無謀なことをしたと思った。斬られたり、印籠を取り上げられたりしなかったのが幸いと言える。屋敷の前でなければ、何をされたか分からない。

「策もなく一人で当たるなんて、馬鹿だった」

と思ってから、一人ではなかったと気がついた。

「あいつがいた。見ていただけだけど」

豆次郎のことだ。

「あんな、役立たず」

と罵ったが、手伝わないと言いながら、様子を見に来たのだった。豆次郎は坂部屋敷の場所を知らない。

それで「あっ」と気がついた。家を見張っていて、お鈴が出てきたところをつけてきたのだ。

何かあったらと、案じたからに他ならない。

「意気地なしのくせに」

とは思った。ただ豆次郎の顔を見たから、涙が溢れ出してきたのは確かだった。情けない顔ではあったが、あいつの困る様子を目にして、それまで堪えていたものが切れたのだった。

意気地なしなりに、できることをしようとしたのだと、今になって気がついた。

改めて礼を言うつもりはないが、何をしているか気になった。そこで豆次郎の家へ行ってみた。

声をかけるのではない。垣根の間から中を覗いた。仕事場が見える場所で、それとなく様子を窺った。

親方甚五郎と豆次郎が仕事をする姿が目に入った。仕事場には、何のために使うのか分からない器具が置いてあった。

錠前造りは細かくて複雑な作業だと聞いている。手先は器用だが自分に自信がないから、つまらないしくじりをする。今日もそうらしかった。

「何をやっているんだ、馬鹿野郎」

怒鳴り声が聞こえた。甚五郎は短気だから、容赦なく声を上げる。今日は、手までは飛ばなかった。

「へ、へえ」

怯えた豆次郎の声も聞こえた。

「昨日は、勝手にふらふらしてきやがって」

「すみません」

それで、豆次郎は断らず出てきたのだと分かった。昨日もたっぷり叱られたのに違いなかった。

ただいつだったか、甚五郎は倉蔵に、「豆次郎の筋は悪くない」と話をしているのを聞いたことがあった。

職人として期待しているから、厳しくされているのだった。でも自信を持てない本人には、それが分からない。

「まったく小心者で、しょうがないやつだよ」

と呟いて、お鈴は歩き始めた。豆次郎への怒りは、だいぶ収まっていた。

日暮れてから、お絹が帰ってきた。

「段取りはできたよ」

「どうするの」

「やり方は決まったが、いつやるかはまだ決められない」

決まったら、知らせると告げられた。口ぶりからして、他にも手を貸す者がいるらしかった。

「いいかい。それまでは、余計なことをするんじゃないよ」

と釘を刺された。


「ごめんなすって」

翌日の夕方、西両国の地回りの親分大江屋仙八がお絹を訪ねて来た。そのときには、倉蔵も姿を見せていた。

お茶を出したお鈴は、お絹からその場に座れと命じられた。どこか張り詰めた雰囲気があって、お鈴は緊張した。

そこで大江屋が口を開いた。

「伝次郎の仲間の三人は、しょせん小者ですね。あいつらも婿の口はないですが、千石の坂部伝次郎がいたからできた悪さです」

「まあそうだろうね」

一番家禄が低いのは篠田平四郎で、七十俵の無役御家人の四男坊だった。次が安藤留蔵で、家禄九十俵徒士組《かちぐみ》の家の次男である。服部彦之助は二百五十石の家の三男で、御目見とはいっても、しょせんは小旗本といっていい。

「いずれも小者です。早い話が、坂部伝次郎の子分でしょう」

大江屋は、伝次郎の仲間三人について調べてきたらしかった。

「無外流の剣術道場と分かっていてそれぞれの名があったので、家が突き止められやしたがね」

ちらとお鈴に目を向けた。お鈴が調べていたから、探れたということらしい。しかし一日で探れたのは、大勢の子分がいるからだと察せられた。

ならば最初から探索に加わってよと思ったが、口にはしなかった。大江屋も狸《たぬき》だ。けれどもお絹は、お鈴の働きについては触れず言葉を返した。

「まあ、取るに足らないやつらだね。相手は坂部家だけだよ」

どうせ金は取れないと付け足した。

「そうです」

頷きながら、大江屋が返した。お絹は金を出せない者に、関心を示さない。

「それで坂部伝左衛門が、次にお城の詰所へ出向くのはいつなんだい」

「明日です。屋敷を出るのは、いつも五つ半頃（午前九時）だそうで」

子分が、屋敷の渡り中間に酒を飲ませて聞き出したとか。

「じゃあ、屋敷を出たところでやろうじゃないか」

お絹が言うと、大江屋と倉蔵は頷いた。お鈴はどきりとした。

「いいかい、よく聞くんだよ」

三人の目が、自分に向けられた。

それから次の日の朝の段取りを、お鈴はお絹から聞いた。

「うまくいくのかしら」

相手は千石の旗本である。聞いた後で、お鈴は言った。心の臓が高鳴っている。期待ではなく、不安と緊張だった。

「それはあんた次第だよ。気合いを入れておやり」

お絹が言った。

十一

翌朝は曇天で、多少風があった。生暖かい風だった。

お絹のもとに、倉蔵と十人の子分を連れた大江屋が姿を見せた。子分は皆が精悍《せいかん》な顔つきで、精鋭を集めてきたと察せられた。

それでお鈴は、かえって緊張した。御使番坂部伝左衛門の顔を見るのは、今日が初めてだ。怯みそうになる自分を、叱咤《しった》した。

「じゃあ、行こうかね」

お絹はいつもと変わらない口調だ。

その合図で、お鈴は一同と共に住まいを出た。ここぞというところでは必ず磨き抜かれた鉞を持って出るが、今日は手ぶらだ。大江屋の子分たちも、懐に匕首を呑んでいる者はいなかった。

お絹とお鈴が先頭になって歩き始めた。向かったのは、坂部屋敷である。

屋敷の門近くまで行って、一同は長屋門を見上げた。大江屋が手で合図をすると、子分たちは、門からそう離れない位置へ散った。目立たないが、何かあればすぐに飛び出せる態勢である。

お鈴の心の臓は、鼓動のたびに胸が押し付けられるほど音を立てていた。お鈴とお絹、倉蔵と大江屋も道の端に身を寄せた。

そこで門扉が開くのを待った。

するとしばらくして、軋み音と共に門扉が開かれた。若党を先頭に馬上の主人を中心にした、十二人の供揃《ともぞろ》えが出てきた。

二本の槍《やり》を立てている。整った面立ちの伝左衛門は武張ったところはなく、能吏といった印象だった。

そして門では若侍二人と家臣が見送った。若侍の一人は伝次郎で、もう一人が伝之助だと察せられた。伝之助は父親と面差しが似ている。

供揃えの最後の者が道へ出たところで、倉蔵が手を振った。待機していた配下の者が、一斉に走り出た。そして行く手を塞ぐように横に並んで跪《ひざまず》いた。

しかし両手を突いてはいても、顔は上げている。馬上の伝左衛門に目を向けていた。

「無礼者。何の真似だ」

侍が前に出た。腰の刀に、手を触れさせている。

「お待ちくださいませ」

ここでお鈴が、決死の声を上げて前に出た。甲高い声になったのが、自分でも分かった。

供揃えが、それで止まるか。それとも無礼者として斬りつけるか。それは分からない。ここまできたら、どちらになっても仕方がないと腹を括った。

一行の前で、跪き顔を上げた。

「どけっ。無礼者」

改めて侍は叫んだ。娘が現れたので、仰天した様子だった。しかしお鈴は、伝左衛門に顔を向けて声を上げた。すぐ後ろに、倉蔵と大江屋が続いている。

「坂部家の伝次郎さまの所業について、お訴えをいたします」

できる限りの声を上げている。ここで伝左衛門は馬を止め、顔をお鈴に向けた。とはいえ、何かを言うわけではなかった。

「酷いことをなさいました。両国広小路で破落戸のように町人から金子をたかり、馬で逃げる折には罪のない町人に瀕死《ひんし》の重傷を負わせました」

一気に言った。

「黙れ、世迷い言を申すな」

これを叫んだのは、見送っていた伝次郎だった。家臣の侍は、腰の刀に手を触れさせてお鈴の傍までやって来た。

刀の鯉口《こいぐち》を切ったのが分かった。お鈴は斬られるかと、首をすくめた。

「待て」

伝左衛門は止めた。お鈴はほっとした。

「十人以上が見ている前で、おまえを殺したりはできないよ。後が面倒だからね」

お絹の昨夜の言葉が、一瞬頭に蘇った。

お鈴を殺せば、男たちは黙っていない。争いになるが、全員を斬り捨てても、坂部家に得はない。たとえ無礼打ちとなったとしても、十人以上を殺害したとなれば、目付の調べを受けるのは必定だ。

しかもこちらは、すべての者が刃物を持っていない。それは願い出をするだけで、歯向かう意思がないことを伝えるためだ。坂部家でも、なかったことにはできない。

こうして世間に伝次郎の行為が明らかになる。その計算ができない伝左衛門ではないと、お絹は踏んだのだ。

「確たる証拠があるのか」

馬上から問いかけてきた。冷ややかな目だった。

「両国広小路界隈や浅草寺の門前界隈で、見ていた人がいます」

「だがそれは、見間違いかもしれぬぞ」

「それだけではありません」

伝左衛門の言葉は、予想をしていた。

「何があるというのだ」

微《かす》かに、苛立ちを見せた。馬が歩き出そうとしたのか、手綱を引いた。

「丸に花菱の家紋がついた印籠です。馬が町人を突き飛ばして暴れたときに落としたのです」

「ほう」

明らかに表情が変わった。腹を立てていた。ただその相手は、自分ではないという気配をお鈴は感じた。

「その印籠を見せてみよ」

「それはできません。盗られてしまうかもしれません」

「何だと」

苛立たし気に、唇を噛《か》んだ。

「三十両を頂戴いたします。それと引き換えで、お渡しいたします」

「旗本を強請るのか」

抑えた声だが、怒りがこもっていた。

「いえ、お願いでございます。大怪我をした者の治療代です。必要な金子を、怪我人に渡すのです」

「馬鹿な」

「あたしたちは本気です」

「何を申すか」

嗤った。目は、睨みつけている。怯みそうになる気持ちを、お鈴は奮い起こした。

「お聞き入れいただけないなら、私たちは印籠と伝次郎さまの所業を書いた文を、駿河台の辻岡様のお屋敷に届けます」

「何と」

伝左衛門は、顔を顰めた。さすがに魂消《たまげ》たらしかった。予想もしない言葉だったに違いない。

そこで数呼吸するほどの間考えるふうを見せたが、伝左衛門は口を開いた。

「よかろう。印籠と引き換えに、三十両を渡そう」

そして怒りの目を、はっきりと伝次郎に向けた。金を出すのは、伝次郎のためではない。伝之助の縁談を壊さないためだ。

「ありがとうございます。ほっといたしました」

お鈴は改めて地べたに両手をつき、頭を下げた。

「そうか」

「殺されるのではないかと案じました。そうなったら怖いので、家に、辻岡様に届けるつもりだった文を残してきました。私たちが戻らなければ、お屋敷に届けられるはずでした」

「ううむ」

「それは燃やすことにいたします」

これは脅しだ。

すべてはお絹の入れ知恵だ。

「伝左衛門は、やったことを記した文をお鈴が燃やさないだろうと考えると思うよ。証拠だからね。悪党には悪党のすることが見えるんだ」

両国広小路や浅草寺の門前界隈を辻岡家が調べたら、言い逃れはできない。

「おのれ」

と口にはしたが、それ以上は言葉にしなかった。

「金子を持て」

伝左衛門は、伝次郎に命じた。

「ははっ」

引き攣《つ》った顔で、伝次郎は応じた。

待つほどもなく、三十両を手にした伝次郎が戻って来た。小判と引き換えに、印籠を渡した。

それで控えていた大江屋の者たちが、道を空けた。供揃えの一行は、登城をすべく進んでいった。背筋を伸ばした伝左衛門は、もう振り向かない。

坂部家の門扉はすぐに閉じられた。その閉じられる直前、伝之助が伝次郎を蹴り飛ばしたのが見えた。

「うまくいったじゃないか」

物陰に隠れていたお絹が、出てきて満足そうに言った。

「伝次郎は御家に泥を塗るところだった。殿様や跡取りには、相当やられるよ。いい気味じゃないか」

一同は頷き、それから引き上げた。

十二

お鈴と倉蔵、大江屋の三人は、お絹と共に神田松枝町の家に戻った。そこでお絹は、お鈴が持っていた三十両を出させた上で言った。

「手に入れた三十両の件だけどね。あれはあたしと大江屋さん、それに怪我をした乙吉の三人で分けることにするよ」

図々しいのは分かっているが、三分の一を取ろうとするのは、さすがに魂消た。唖然《あぜん》としていると続けた。

「あたしの知恵がなければ、こんなにうまくはいかなかったんだから」

取り分のない倉蔵は渋い顔をしたが、異議は挟まなかった。お鈴も頷くしかなかった。何か言えば、鉞が出てくるかもしれない。

大江屋は、縄張り内で伝次郎のせいで損をした者に与える。縄張りでの悶着を解決したとして、親分としての顔が立つだろう。

倉蔵にしてもいろいろ事件解決には尽力したが、配慮はない。それでも文句を言えないのは、昔の借りがあるからか。弟だからか。

そしてお鈴にも割り当てはなかった。

けれどもそれに不満があるわけではなかった。お夕父娘に十両あれば、治療を受け、働けるようになるまで食べるのには困らない。貯えにさえなる。

倉蔵と大江屋が帰った後で、お絹は言った。

「あんたが乙吉に渡す十両だけどね、そこからあたしが貸した金子を返してもらうよ」

「そ、そうだね」

お絹が貸金を忘れるわけがない。銀三十五匁を差し出すときつい口調が帰ってきた。

「利息はどうしたんだい。まだ借りておくのかい」

「ああ、そうだった」

今さら驚きもしない。お絹らしい。一両を受け取ると、釣りの銀十匁を返してよこした。しっかり一年分の利息を取っていた。呆れてはいるが、文句は言わない。お鈴が立て替えていた銀二十五匁は、残りの中から返してもらう。

お鈴はその日のうちに、八両と銀四十五匁を手にして、乙吉とお夕の長屋へ行った。

「ああ、お鈴さん」

乙吉はまだ寝床を片付けられないが、そろそろと上半身を起こすことができるようになっていた。お夕が手を添えてやる。

　ほんの少しずつだが快方に向かっているのが分かって、お鈴はほっとした。何よりも顔色がよくなった。お夕の表情も明るい。

　そこで今日の坂部屋敷での出来事を伝えた。金子も差し出した。お絹から取り戻した借用証文も添えている。

「すごいね」

　まずお夕が声を上げた。

「ありがてえ、ありがてえ」

　乙吉は無理に体を動かして、激痛に呻いた。

「そんなふうに動いちゃだめじゃないか」

「そうだよ、おとっつぁん」

　お鈴とお夕が叱った。

「すっ、済まねえ」

　幼い娘に叱られて、謝っている。とはいえ、お夕と乙吉には、屈託のない笑顔があった。お鈴が初めて見る、父娘の笑顔である。

「ああよかった」

　それだけで、いろいろやってきた甲斐《かい》があった。

父娘の長屋を出たお鈴は、豆次郎の家に行った。そして甚五郎に会った。

「豆次郎さんを、四半刻（約三十分）ほど貸してください」

「何だよ。こちとらは忙しいんだぜ」

と返された。いい顔はしなかったが、駄目だとも言わなかった。

「どうしたのさ。まだ怒っているのかい」

豆次郎は、叱られると思ったらしい。

「いいからついておいで」

行ったのは、隣町の甘味屋だ。毛氈《もうせん》の敷かれた縁台に、腰を降ろさせた。

「汁粉を食べさしてやろうと思ってさ」

「ええ」

とんでもない、という顔をした。後が怖いと思ったのかもしれない。

「あんた甘いものが好きだろ」

「そりゃあそうだけど」

かまわずお鈴は、甘味屋の親仁に汁粉を二人前注文した。

第三話　灌仏会の薄闇

一

「花い、花い」

三月も下旬となった。日に日に暖かくなり、縁側の陽だまりにいると汗ばむくらいだった。

花売りの爺さんが、桃花《とうか》や山吹《やまぶき》などを荷籠に入れて、花鋏《はなばさみ》をちょきちょきと鳴らして歩いている。花の色が鮮やかだ。売り声を聞いていると、眠くなるようなのんびりした声だ。

お鈴は、葉煙草屋の看板描きの仕事を済ませて帰ってきたところだった。一仕事終えるとほっとする。

今日は湯島まで行った。注文が来る範囲が、少しずつ広くなってきた。

「ごめんなさいよ」

麦湯を飲み終えて一息ついたところで、客の声がした。

訪ねてきたのは、同じ神田松枝町の畳職美濃《みの》屋《や》の親方貞造《さだぞう》である。通りでは、よく顔を合わせる。三十半ばの歳でお鈴とも顔見知りだが、訪ねて来たのは初めてだった。

何事かと思ったが、お絹に用があると言った。

早速伝えて、客を迎える部屋へ通した。この部屋の床の間には、錦の袋に入った鉞が飾られている。

「あんたが来るなんて、どうした風の吹きまわしかね」

貞造は町の旦那衆の一人だが、お絹は明らかに下に見た口ぶりで言った。隠居した父親吉兵衛《きちべえ》とは古い付き合いで、昔は金を貸したことがあると聞いた。仕入れた藺草《いぐさ》代が払えなかったときなどだが、この数年はそういうこともなかった。

仕事も順調で、金を借りる必要もなくなった。貞造は四年前に隠居した吉兵衛に代わって美濃屋の親方になった。

「まあ、いろいろありましてね」

貞造は苦笑いをした。金を借りに来たらしい。お鈴は襖を開いた隣の部屋で、仕事で使った筆の手入れをしながらやり取りを聞いた。

「どれくらい入用なんだい」

お絹は取り立てこそ厳しいが、返す見込みのある者には貸す。利率や返済条件が整い、その上で証文を書けば、その場で金子を出す。

一か月限りならば、最初の利息は五分だ。ただ期限を過ぎると、二か月目から元金は複利で膨らむ。

一年が限度で、返せなければ担保の品を取り上げた。

これが常の貸し方だった。一月で返せる者は、『銭ばばあ』と悪評が高くても、便利だとして使う。

「五両、ご用立ていただきたいのですが」

「ふうーん。あんたなら貸すけど、いったい何があったんだい」

吉兵衛が畳職としての商いを確立させた。店は土地も建物も、今は貞造のものだ。商いも広げていると聞いていた。

「弟子が、寺に納める畳のヘリを間違えましてね。そのため余分に人を雇いました」

「納期に間に合わせるためだね」

「そうです」

寺では大事な法事が行われるとかで、仕上げの日にちを先延ばしにすることができなかった。張り替えのために人を雇い、余計な費《つい》えがかかったようだ。

「しょうがないねえ、しっかりおしよ」

「へえ」

下手には出たが、恐れ入っているわけではなかった。当座に必要なだけで、すぐに挽《ばん》回《かい》できると考えている様子だった。

たまに店を覗くと、確かにいつも忙しそうにしている。弟子を引き連れて出仕事に行くことも少なくない。

「吉兵衛さんには、話してあるんだろうね」

「いえ。親父《おやじ》は隠居をしていますんで。すべてはあっしが決めています」

はっきりしていた。親方としての己に自信を持っている。

「そうかい。あんたが、親方だってことだね」

「ええ、そういうことで」

お絹はわずかに不満そうな顔をしたが、貸さないわけではなかった。利息をつけて返せる相手ならば、極悪人であろうとも貸す。不満なのは、吉兵衛とは隠居した今でも、近所付き合いをしているからだ。

老いたとはいえ、同じ町で共に過ごしてきた者だ。いろいろなことがあったに違いない。口の悪いお絹でも吉兵衛ら同年輩の者とは、それらを踏まえて付き合ってきた。同年輩の馴染の者が、軽く扱われているのは面白くないのだろう。

「じゃあ、書いてもらうよ」

お絹から命じられて、お鈴は文机《ふづくえ》と紙、筆と墨を用意する。貸すと決まれば、動きは早い。

胸の内にある気持ちは、横に置いておく。

証文を書かせたところで、五両を用意した。金子を入れている銭箱は、奥の部屋の押し入れに入れられている。いくらあるのか、お鈴には見当もつかない。いつも錠前が掛かっていた。

そしてお絹は、床の間にある鋏を手に取った。袋から取り出した鋏は、いつも念入りに磨かれている。顔が映るくらいだった。

「いいかい。返せなかったら、家でも土地でも、売ってもらうよ」

不気味な嗤いが口元に浮かぶ。初めての者ならば、ぞっとするところだ。

「お足はあたしの命なんだ。金を借りた以上は、それだけの覚悟をおし。甘えちゃあいけないよ」

腹の底から湧き出るような声で、お絹は続けた。これは初めての相手に貸すときには、必ず口にする言葉だ。返せないとなれば、店でも娘でも売り飛ばす。

借りる者に覚悟をさせる意味があった。これで怯んで、逃げてゆく者もいる。

「分かっていますよ」

慌てる様子もなく、貞造は応じた。大きく頷いてから、口を開いた。

「十年くらい前でしたかね。その鋏にまつわるお絹さんの武勇伝は、界隈ではいまだに話題になりますから」

「ならばいい」

お絹の鉞には、言い伝えがある。かつてお絹は、高額の貸金を踏み倒されそうになったことがあった。実際には九年前で、お鈴が引き取られて間もない頃のことだ。お鈴はその様子を、驚きと共に見ていた。

堅気の商家に貸したはずだったが、返済の目途が立たなかった。返済の期日になれば、店を手放さなくてはならない。

追い詰められた借り手は、匕首を使って借用証文を奪い取ろうとした。怒ったお絹は、家にあった薪《たきぎ》用の鉞を握って立ち向かった。

女だと甘く見た商家の主人だが、お絹は怯まなかった。ものすごい剣幕で鉞を振るい、自分も怪我をしたが、主人を殺してしまった。返り血を浴びた顔と姿は凄惨《せいさん》だった。お鈴はそれを、今でもはっきりと覚えている。

この事件は町で評判になったが、町奉行所の吟味の末に無罪となった。

金を返さなかったのは相手が悪いし、刃物で借用証文を奪おうとしたことは間違いなかった。その際には命の危険もあって、鉞を使用しなければ身を守れなかったとの判断もあった。

この判決の裏には、弟で岡っ引きの倉蔵や旧知の定町廻り同心須黒伊佐兵衛の尽力があったことを町の者は知らない。

以後、お絹は、金を貸すときには鉞を見せる。借り手の覚悟を促すのだ。借り手は、返済の催促は本気でやると分かっているから、ごまかす者はいない。返さない者がいたら、銊を握って催促へ行く。回収率は十割だった。

人々は『銊ばばあ』と綽名して怖れた。お絹は貸借関係がない相手にも、傲慢《ごうまん》で口煩かった。

いつの間にかついたもう一つの綽名は、『江戸最強の意地悪ばばあ』だった。

「何を言っているんだい。あたしほど心優しい女はいない」

意地悪ばばあには不満があるらしいが、孫のお鈴にしても納得のゆく呼び名だった。腹が立ったときには、お鈴も腹の内で呟く。

昔は相当の美人だったと聞いたことがある。幼少時親に捨てられ、幼い弟倉蔵と共に残された。子守り奉公をし、長じて料理屋の仲居を経て金持ちの囲われ者になった。そこで頼りになるのは金だけだと悟ったらしい。

「それでは、失礼いたします」

金子を懐に、貞造は引き上げた。後ろ姿を見送ったお絹は、ため息を吐いた。

「吉兵衛さんも、あてにされなくなっちまったんだねえ」

柄にもなく、寂し気な口調だった。そんなことはめったにないのでお鈴は驚いた。

「だってもう、隠居をしたんでしょ」

とお鈴は返した。

「そりゃあそうだけど、あたしがここに移ってきたときからの付き合いだからね。吉兵衛さんもあの頃は働き盛りで、やり手だった。歳は取りたくないねえ」

「ばあちゃんも、歳を取ったと思うの」

「馬鹿をお言いじゃないよ。あたしはいつまでも若いじゃないか」

「そうだねえ」

お絹はいつまでも達者で、とてつもなく長生きをするだろうとお鈴は思っている。

お鈴は血の繋がった孫だが、自分を捨てて男に走った娘の子という気持ちがお絹にはあるらしい。愛情は感じるが、ものすごく歪んでいる。お鈴はそれが分かるから、自分は厄介者だとどこかで考えていて、とことん甘えることはなかった。

早く一人前になって自立したい。一人でも生きていけることを、お絹にも自分にも示したかった。

気持ちの根にはいつもそれがあった。

二

「それでは白いのを一樽《ひとたる》、お願いしますよ」

「かしこまりました。今日中にお届けいたします」

神田小泉町の味噌醬油問屋三春屋《みはるや》で、客の注文に、主人の忠太郎《ちゅうたろう》が答えた。威勢の良い声で、店の空気が引き締まる。

隠居の忠右衛門《ちゅうえもん》は帳場の隅で、その様子を見ていた。もう半刻（約一時間）、そうやっている。商いの口出しはしない。声掛けをされることもなかった。

主人の忠太郎をはじめ番頭や小僧は、忠右衛門がいない者のように過ごしている。とはいえ邪魔扱いをされるわけでもない。

商いは順調で、扱い量も年々増えていた。

話しかければ丁寧に答える。忠太郎が茶を飲むときには、言われなくても忠右衛門の分も小僧が運んでくる。先代の主人として敬われているが、それだけだ。

隠居して四年になる今では、商いに関する相談をされることは皆無になった。一切期待をされない。

「誰が、店をここまでにしたと思っているんだ」

忠右衛門は、胸の内で呟いた。

「倅だって番頭だって、隠居する前は何をするにつけても私の許しを得に来た」

その折々の場面が頭に浮かぶ。今は帳場にいても、誰も声をかけてこない。避けて通った。

「西国の白味噌を扱うようにしたのも、私ではないか」

下《くだ》り物《もの》の白味噌は、主力の商品になっていた。厳しいこともあったが、それを乗り越えてきた。

「それを忘れているのか」

と胸の内の呟きが続いた。忠太郎はその様子を、幼い頃から見ていたはずだ。

女房のお昌《まさ》は、用事以外口を利かない。祝言を挙げた頃はそうでもなかったが、舅姑《きゅうこ》がいなくなってから、徐々に様子が変わってきた。

何かが気に入らないらしいが、忠右衛門にはそれが分からない。

「私は商いに精いっぱい力を注いできた。今の暮らしができるのは、それがあるからではないか」

しかしそれを言っても、不満の顔を向けるだけだ。

「もういい」

とあきらめている。とはいえ、粗末に扱われるわけではない。晩の膳は忠太郎と同じ品数だし、酒の一合もつく。しかしそれだけだ。奉公人に何かを言えば、困ったような顔を向けられる。

それで困るのはこちらだ。次の言葉が出せなくなる。

奥へ引き取ろうとしたとき、店に老人が入って来た。どうせ客だと思って目も向けずにいると、声をかけてきた。

「おい、忠右衛門」

呼び捨てにするとは何事だと思いながら振り返った。相手は神田松下町の建具屋の隠居小倉屋《おぐらや》八十助《やそすけ》だった。

忠右衛門を呼び捨てにする者は、町でも何人もいない。隠居する前は八十助からも、さんをつけられていた。

隠居した後で、いつの間にか呼び捨てし合うようになった。互いに仕事がないから、暇を持て余している。将棋を指したり酒を飲んだりすることが多くなった。飲めば愚痴も出る。

住まいは近くても異業種だったから、以前は会っても挨拶をするだけだった。同じ頃に隠居して、それから親しくなった。

連れられて表に出ようとすると、店先にいた手代がほっとしたような顔をした。目障りがいなくなるということか。

「ふん」

と思うが、何かを言ったりはしない。通りに出ると、もう一人老人がいた。畳職の隠居美濃屋吉兵衛だった。

「おう」

そう言って、三人で歩き始めた。

建具屋の隠居小倉屋八十助は、婿の清七《せいしち》とやりあった。

「何だこれは」

めったに仕事場には、入らないようにしていた。たまたま入って職人が拵える障子戸に目がいった。

小倉屋では、使う木材は、耐久性の高い心材を使うが、さらに無節のものを使うように命じていた。しかし目にしたのは、上下縦の桟で小節のあるものだった。

「親方の、お指図でして」

中年の職人は、不貞腐れたように答えた。それで八十助は、清七を呼び出し苦情を言った。

「あれでは、出来上がっても小倉屋の品ではねえ」

それでも八十助は、穏やかに言ったつもりだった。相手は婿で、職人として育てたのは自分だった。

勝手な真似は、させられない。

「あれは、仕方がないんですよ」

清七は悪びれた様子もなく、あっさり言った。

「何がだ」

「御依頼先があれでいい、その分値を下げてほしいというお求めでしてね」

「そんな仕事を受けたのか」

これまでならば断わってきた。相手にもしなかった。

それは清七も充分に分かっているはずだった。品質を落とせば、そういう建具屋、建具職人になってしまうと告げてきた。

「仕方がないんですよ。職人たちを食べさせなくちゃあなりませんのでね」

どこかに面倒そうな気配を含んだ言い方だった。

「何だと」

怒りが込み上げた。苦しいときでも辛抱して、自分は仕事をしてきた。だからこそ小倉屋の品は、高くても質の良い品だと認められるようになった。婿のくせに、小僧の頃から叩き込んできたことが、何も分かっていない。

怒鳴りつけようとしたところで、娘のおあきが声をかけてきた。やり取りを聞いていたのだ。

「おとっつぁん、もう代替わりをしたんだからね、清七さんに任せればいいんだよ。いろいろあってのことなんだから」

「………」

おあきに言われると、返せなくなる。八年前に女房が亡くなった。二年半寝たきりだったが、おあきが世話をした。

任せきりで、自分は何もしなかった。

「いよいよ危ないから、今日は出仕事に行かないで家にいて」

おあきに言われたが、納めに行かなくてはならない品があった。その後で酒を振る舞われた。赤い顔をして帰って来ると、女房は亡くなっていた。向けてきたおあきの目は冷ややかだった。

他にもおあきとの間には、女房が亡くなった一年後に悔やまれる出来事があった。

八十助にはお久米《くめ》という妹がいた。お久米は米屋に嫁いでいた。亭主は地道にやってきた者だが、魔が差した。米相場に手を出してしくじり、借金を拵えてしまった。その金貸しが、阿漕だった。

利息がみるみる膨らみ、店か娘を手放さなくてはどうにもならないところへきていた。そこで八十助はお久米に泣きつかれた。三十四両という目の飛び出るような返済額になっていた。

「兄ちゃん、何とかならないかしら。そうでないと、うちの店は潰れる」

目の前で泣き崩れた。お久米には三人の子がいて、潰れれば路頭に迷う。八十助はその金を出したが、小倉屋のやりくりに及ぼした影響は大きかった。手元にある金子だけでは済まず他の金貸しから借りた。

そのために、小倉屋のやりくりが厳しくなった。おあきと清七は相愛で、婿とすることが決まっていたが、祝言が三年延びた。

楽しみにしていたおあきには、無念な三年になったはずだった。

娘盛りの三年である。おあきも清七も改めて何かを言うことはなかったが、何も感じないわけがなかった。

一人娘だから可愛がってきたつもりだが、以来しっくりいかなくなった。とはいえ、口も利かない間柄になったわけではない。ただ一度言い出すと、聞かないところがあった。

おあきの言葉を聞いて、返答ができなかった。「もう代替わりをした」という部分が、胸に刺さった。

「すべてを清七に任せる」

四年前にようやく代を譲れることになったとき、八十助はそう告げた。隠居した以上は、もう口出しをしないと決めたのである。

祝言を待たせた負い目があった。

八十助には不満があったが、おあきに告げられて、返す言葉を呑み込んだ。ただそれで気持ちが収まったわけではなかった。これまで他にも気に入らないことは少なからずあったが、口には出さず呑み込んできた。

「くそっ」

胸の内で呟いた。家にいる気にはなれなかった。

履物をつっかけた。畳職の隠居吉兵衛や味噌醤油屋の隠居忠右衛門を呼び出して、憂さ晴らしでもしようと考えた。

いつも暇そうにしている者たちだ。

三人が行ったのは、小泉町の将棋会所だ。共に将棋好きで、隠居してからにわかに親しくなった。

三

まず吉兵衛の相手をしたのは、忠右衛門である。

「今日はこてんぱんにやっつけてやる。吠《ほ》え面《づら》をかくな」

「ふん。やられるのは、そっちの方だ」

駒を並べながら吉兵衛が言うと、忠右衛門が返してきた。

三人の将棋の腕前はほぼ同じくらいだ。巧《うま》い者が現れれば全滅するので、そういう相手とは指さない。腹が立つだけだ。

三人とも強情で負けず嫌いだった。とはいえ三人の中での勝ち負けについては寛容だ。

前の日には負けても、次の日には勝つ。

始めはいい勝負だったが、中盤になって忠右衛門の方が劣勢になってきた。

「桂馬《けいま》を、そんなところに打つからいかんのだ」

見ていた八十助が口出しをした。

「余計なことを言いなさんな。これはな、あんたには分からない秘策があってのことだから」

「ふん。やられる手か」

お互いにやり合う。対戦している吉兵衛にしたら、妙手とは思えない。

「まあ見ていろって。昨日、おまえを打ち負かしたように、この勝負だって、私のものになるんだから」

忠右衛門は言ったが、結局この将棋は吉兵衛が勝った。桂馬の動きは、八十助が告げた通り悪手だった。ただ投了になったときには、八十助は蒸し返さなかった。

「次はおれが、やっつけてやる。今日は二つ負けて、泣いて帰れ」

「何を言うか」

今度は八十助と忠右衛門が盤を真ん中にして向かい合う。

「どうだ」

この勝負は、忠右衛門が勝った。三人の将棋は、相手を変えて三局やって終わる。吉兵衛が二回勝った。

「じゃあ、行こうか」

三人が向かう先は、裏通りの昼間から酒を飲ませる煮売り酒屋だ。二局勝った者がいたら奢《おご》る。いつものことだから、誰も遠慮はしない。いなければめいめい払いだ。

「いらっしゃい」

敷居を跨ぐと、すっかり馴染になったおかみが声をかけてきた。店には他にも、昼間から飲んでいる人足ふうがいた。隣の縁台に腰を降ろした。

この中で吉兵衛だけは、母屋とは別棟の離れで暮らしている。三人はたまに、吉兵衛の部屋で飲むことがあった。誰にも邪魔されないで飲めるからだ。

「まだ日の高いうちから飲むなんて、嬉しいね。昔は考えられなかった」

一升の酒と煮しめを買って、互いに湯飲み茶碗《ぢゃわん》に注《つ》ぎ合う。

「まったくだが、罰が当たるような気もするよ」

吉兵衛の言葉に、忠右衛門が返した。

「そんなこと、あるものか。おれたちは若い頃から、必死に働いて、今の暮らしの基を作ったんだ」

「それはそうだが」

「うちの婿のやつは、そんなことは何も分かっちゃいねえ。勝手なことばかりしていやがる」

「そりゃあそうだ。私なんか、店にいたっていないように扱われている」

何度も耳にする愚痴だが、吉兵衛にも八十助と忠右衛門の気持ちはよく分かった。口には出さないが、吉兵衛も面白くないことがあった。

倅の貞造から、鉄ばばあのお絹から金を借りたと伝えられた。事後報告だった。なぜ借りなくてはならないのか、その説明もなくて、こちらから問《と》い質《ただ》した。

貞造は話そうとしなかった。ちゃんと話をするべきではないか。

「困っているのか」

怒りと不満を抑えて訊いた。

「そういうわけではありませんがね。まあ、少しの間ですが、借りて払っておく方が都合がいいもんですから」

詳しいことには触れず、言うだけ言って行ってしまった。小言は無用、と背中が告げていた。

「つい何年か前までは、おれたちのことを誰も蔑《ないがし》ろになんてできなかった」

「そうだ。私が首を縦に振らなければ、ことは進みも戻りもしなかった」

吉兵衛に忠右衛門が続けた。茶碗の酒を一気に飲み干した。

「どうだい。皆があっというようなことを、してみねえか」

八十助が、空になった三人の茶碗に酒を注ぐ。それから周囲を見回してから、声を落として言った。

「何をだ」

忠右衛門は、今度はちびりと酒を口に含んで訊いた。

「それは、ここじゃあ言えねえ」

八十助は、謎めかして言った。とはいえ目には、何か思案をする気配があった。

「面白いことならやるぞ」

酔い始めているから、吉兵衛も忠右衛門も気持ちが大きくなっている。


昼酒で気持ちよく酔った三人は、近くのお玉《たま》が池《いけ》の畔《ほとり》にある玉池稲荷《たまいけいなり》の境内に入った。

ここでは六、七歳くらいの子どもが数人、声を上げて遊んでいるだけだ。

「吉兵衛の畳針の扱いは、見事だったねえ」

八十助は、煮売り酒屋で話題にしかけたことを二人に伝えるために、どこから切り出そうかと考えた。そこで吉兵衛が畳針の扱いに巧みだったことを口にしたのである。

「そういえばそうだ」

忠右衛門が受けた。そのまま続けた。

「前に破落戸が暴れたとき、押さえつけて、太い畳針を喉に押し付けたら、あいつ身動きができなくなったっけ」
五、六年くらい前のことだ。二人は覚えていたようだ。
「ま、まあ」

吉兵衛はまんざらではない顔をした。

「しかし八十助だって、鑿《のみ》の扱いは見事だった」

その吉兵衛の一件から一、二年後のことだ。太物屋に盗人が入って逃げようとしたところを、通りかかった八十助が捕らえた。盗人の甲を鑿で突いて、握っていた匕首を落とさせた。

町の者から、感謝された。

「今だっておれたちは、やろうと思えば、何だってできるんだぜ」

八十助は言った。

「そりゃあそうだ。若いやつらには負けないさ」

「しかし手が後ろへ回るようなことは、できねえ」

吉兵衛にしてみれば本音だ。忠右衛門も頷いた。

「捕まらなければいいんだ」

八十助は、ここでも声を落とした。

「押し込みでもしようというのか」

忠右衛門が真顔になって訊いてきた。

「あっと言わせてやるのさ。命を取ろうというのではない。我々がやったことだと分からないようにして、右往左往する姿を見てやるのさ。さぞかし愉快だろうよ」

八十助の話を聞いた吉兵衛は、黙って頷いてから返した。

「しかしな、襲われた方は困るだろう」

「それはそうだが。我々を役立たずのおいぼれと思っているやつらに、一泡吹かせてやりたい気持ちはある。でもだからといって、まともに暮らす人たちを、自分の満足のために困らせるわけにはいかない」

忠右衛門の言葉は、本音だと思われた。

「だから相手を選ぶのさ」

八十助は、順に二人の顔に目をやった。

「誰だい。それは」

忠右衛門も、若い者たちを見返してやりたい気持ちがないわけではないらしい。ただ進んで話に乗るという様子でもなかった。

「臼杵屋次郎兵衛《うすきやじろべえ》さ」

「ああ、あいつか」

聞いた忠右衛門と吉兵衛は、納得したように頷いた。三人とも名は知っている。神田三河町《みかわちょう》四丁目に住む、悪評高い高利貸しだからだ。

八十助の妹お久米の一家を追い詰めた金貸しは、その次郎兵衛だった。そのために自分は、おあきだけでなく婿の清七にも言いたいことが言えなくなった。

阿漕なやつならば誰でもいいが、次郎兵衛が一番近くにいる悪党だった。暮らしぶりを見に行ったことがある。瀟洒《しょうしゃ》な家に住み、贅沢《ぜいたく》な暮らしをしている気配だった。

改めて恨みが湧いた。

だから一泡吹かせてやりたいという気持ちは、前からあった。今日思いついた話ではなかった。ただ口に出すのは憚られた。一人ではできない。吉兵衛と忠右衛門が話に乗るかどうかは分からなかった。それで今話題にしたのだ。

「あいつは、銊ばばあよりもはるかに質が悪い」

忠右衛門が言った。お絹は取り立てこそ厳しいが、阿漕とまではいかない。足元を見るような真似もしないと言い足した。

お絹は怒りをぶつけることはあっても、陰湿なことはしない。長年の付き合いがあるから、それは三人とも分かっている。

「ううむ」

稲荷の境内で遊ぶ子どもたちの声が響いている。

八十助が切り出した話を聞いて、吉兵衛は気持ちが動いたのが分かった。乗り気になっている。誰でもいいとは言わないが、相手が臼杵屋次郎兵衛ならば別だという気がした。

次郎兵衛のために一家心中をした話を、つい最近耳にした。次郎兵衛が追い詰めたという噂である。

二人に話したことはないが、実は吉兵衛も一度臼杵屋の罠《わな》にかかったことがあった。藺草の値が上がって、資金が回らなくなったことがあった。そこで四両ほど借りたのである。

始めはいかにも親切そうだった。

「すぐに返さなくてもいい。お使いなさいな」

と言われてその気になった。しかし気がつくと、返済金額は九両を超えていた。あのときは慌てた。お絹から借りて返済した。

「あんた、返済は借りたときから、ちゃんと目論見《もくろみ》を立ててやらないといけないよ」

毎月決まった額を、きっちりと取り立てられた。苦しかったが、それでどうにか返済ができた。

お絹には感謝をしているが、次郎兵衛のことは恨んだ。

「あれがなければ、無理をせずにやれた」

食べさせなくてはならない奉公人の数を減らした。その分の仕事を、吉兵衛は自らやった。今でも思い出すと、腹が立つ。

お絹も貸金の取り立ては厳しいが、そのために一家心中や夜逃げをしたという話は聞かない。返す見込みのない者には貸さないからだ。そこが次郎兵衛とは違った。

「容易くはできないぞ。次郎兵衛は周到な男だ」

吉兵衛は言った。腕利きの用心棒を雇っていると聞いたことがあった。

「そりゃあそうだ。しくじったら、我らがお縄にかかるだけでは済まない。だから前もって、充分に調べなくてはならない」

八十助は二人の顔を、順番に見た。

「おれはあの家の障子戸を手掛けたことがあるんだ」

八十助が言うと、どこか本気に欠ける表情だった忠右衛門の様子がだいぶ変わった。

「中へ入ったことがあるわけだな」

「そうだ」

何のあてもなく、八十助は口にしたのではないらしかった。

「調べるだけで、何もしないということもあるな」

「もちろんだ。できると見極めたときだけだ」

八十助は答えた。できるかどうかは分からない。できないとなれば、止めればいいだけの話だ。

ただこういう話をすると、胸が躍った。隠居をしてから、初めてのことだ。八十助も忠右衛門も、赤みを帯びた上気した顔になっていた。酒を飲んだからだけではなさそうだった。

四

四月になった。青葉の緑が、濃くなってきた。狭い庭だが、そこでも紡錘形《ぼうすいけい》をした薄紫の桐《きり》の花がいくつも咲き始めた。

江戸の庶民は、朔日《ついたち》から五月四日まで袷《あわせ》を着る。九月まで足袋をはかない。お鈴も足袋を脱いだ。

筆などを入れたまだ新しい合切袋を手に、お鈴は神田四軒町《よんけんちょう》の旅籠《はたご》へ向かった。腰高障子に、屋号と絵を描いてほしいという依頼だった。

前に描いた店からの口利きだから嬉しかった。

寝ている客が、江戸の夢を見ている絵を描こうと、その図柄を考えながら歩いていた。三日前から考えていて、ようやく図案がまとまった。

出がけ、お絹のもとへは客が来ていた。返金の客で、こういう相手には、お絹は極めて愛想がよかった。

「またおいで」

と言われた客は愛想笑いをするが、できれば借りたくないのが本音だ。

「借りたい人は、あたしを都合よく使えばいいんだ。利息さえ払うならば、こちらは大歓迎なんだから」

お絹は癖のように言う。金貸しは、借り手がいてこそ成り立つ稼業だという話だ。

「だからあたしは、客を大事にしているんだ」

これがお絹の考えだが、磨き抜かれた銶を見せて、どこが大事にしているんだと思うことはよくある。脅しているのではないか。

ただ一度借りた人が、また借りに来ることがある。その気持ちは、お鈴には分かりかねた。

金貸しという稼業は、強欲なだけでは成り立っていかないと思うことはある。法外な利息を奪われるだけだと思ったら、二度と訪ねては来ないだろう。再び借りに来る者は、お絹に救われる部分もあるからに違いなかった。

「おや」

お鈴は声を上げた。四軒町の手前の三河町四丁目の通りである。見慣れた顔を目にしたからだ。

畳職の隠居美濃屋吉兵衛である。ここは同じ神田でも、住まいのある松枝町とはだいぶ離れていた。

真剣な眼差しで、一軒の黒板塀に囲まれたしもた屋を見詰めている。瀟洒な建物だ。こんなところでどうしたのかと思った。とはいえ、お鈴は声をかけたわけではなかった。どこにいようと、それは勝手だ。離れてもいたし、気になったわけでもない。挨拶もしないで、行き過ぎた。


旅籠の主人と改めて話をし、図柄を決めた。昼間の旅籠は、ひっそりしている。出入口の腰高障子の紙は、すでに新しいものに張り替えられていた。

腰高障子は四枚分なので、お鈴にしては大きな仕事だった。まずは何も書かれていない紙を見詰めた。頭に描いてきた図柄を、どこにどう入れてゆくかを思案する。障子の部分だけでなく、その周辺の様子も、考えに入れなくてはならなかった。

一度描き始めたら、一気に筆を進めなくてはいけない。迷ってしまうとそこで動きが止まってしまい、自然な線にならなくなる。

「大仕事だね。絵師のようだ」

道端で描いているから、声をかけられることもあった。褒める者もいるがそれだけではない。

「何だか変な絵だねえ」

という声もある。主人や女房は傍にいて、筆が紙から離れると次に書き入れる絵柄について あれこれ指図する。始めの打ち合わせと違うことも口にした。

「うーん。ここはもう少し、人を大きく描いてもらいましょうか」

厄介だがそれは顔には出さず、主人や女房の意見を、取り入れて描いてゆく。素人の意見だから、言われたままにすると歪《いびつ》な形になることもある。そういうときには、口には出さないまま修正した。

主人夫婦も、商いに関わると思うから真剣だ。目立てば、初めての客も敷居を跨いでくる。

一刻（約二時間）ほどかかったが、何とか仕上がった。

「これでいいでしょう」

主人夫婦が納得してくれて、お鈴はほっとした。手間賃を受け取って、道具を合切袋に仕舞った。

そして帰り道、三河町四丁目の通りに出た。

「あら、また」

ここでまたしても吉兵衛の姿を目にして、今度は少しばかり驚いた。先ほどと同じ黒板塀に囲まれた建物に目をやっている。

「いったい、何があるんだろう」

今度ははっきりとおかしいと思った。ここにずっといたのか、それともまたやって来たのか、それは分からないが何もなければこういうことはないだろう。

たまたまではないと感じたのである。

その家がどういう家かは分からないが、用があるなら入ればいい。にもかかわらずそれをせず、一刻あまりも見張っていたとなると、得心がいかなかった。

とはいえ声をかけるのは憚られた。気軽く話しかけられる雰囲気ではなかった。

少しの間、離れたところから様子を窺った。吉兵衛は、通りかかった小僧に何か問いかけた。黒板塀のしもた屋について訊いていると察した。改めて目をやると、贅を尽くした建物に見えた。

「よほどの分限者に違いない」

自然に声が漏れた。

人の動きを探るのは、嫌な気がした。人にはそれぞれ事情があって、あれこれ探られたくないこともある。少しして引き上げた。

松枝町の家に帰って、吉兵衛を見かけた件をお鈴はお絹に話した。

「三河町四丁目の黒板塀の家だって」

聞いたお絹は、怪訝《けげん》な顔になった。黒板塀の家は、その町内には一軒しかなかった。

「その家を知っているの」

お鈴は問いかけた。お絹の様子から、何かあると感じた。

「知っているけどねえ。吉兵衛さんが行くような家じゃあないよ」

笑った。

「どうして」

「そこは阿漕で名の知られた、臼杵屋次郎兵衛という高利貸しの家だ。あの人が今さらそんなところへ行くわけがない」

「なるほど」

「あたしのような、善良な金貸しじゃあないからね」

困っているならば、倅の貞造がお絹のもとへ来る。それなのに隠居の吉兵衛が、阿漕で名の知られた高利貸しの家になど、行くわけがないという理屈だ。

「何か、勘ぐりすぎじゃあないかい」

と言われて、返答ができなかった。

五

豆次郎は、仕上げた錠前を駿河台の旗本屋敷まで届けに行った。四百石の家禄で、六百坪ほどの敷地があった。土蔵の錠前を拵えるように注文を受けた。

初老の用人が、受け取りの対応をした。

持ち重りのする堅牢《けんろう》な品で、実際にかけてみた。かちゃりと嵌《は》まり、鍵を入れればかちゃりとはずれた。

「よかろう」

面白くもないといった顔で口にした言葉を、豆次郎はほっとした気持ちで聞いた。最初から、自分の仕事として手掛けた。

何度も親方で義父の甚五郎に怒鳴られて、やっと仕上げた品だった。安物の小さな錠前ならば仕上げたことはあるが、旗本家の土蔵の錠前を始めから任されて仕上げたのは初めてだった。

「任された」

というには憚られる毎日だった。錠前に鍵を差し入れて、少しでも擦れる気配があるとやり直しをさせられた。いつまでも「よし」という言葉が聞けないので、その錠前を見るのが嫌になったくらいだった。

「ああ、やっと終わった」

そういう気持ちである。

なりたくてなった錠前職ではないが、続けるしか自分の生きる道はないと考えていた。

十七歳にもなったら、十歳そこそこの小僧に交じって他の職種の修業をし直す自信はなかった。

旗本家の仕事は、いい加減にやったわけではなかった。精いっぱいやって認められた品だったから、嬉しさも湧いた。

褒められようとは思っていない。そもそも褒められるような仕事ではないと考えていた。

用人は、役に立って当たり前といった顔で受け取った。少しでも欠陥があれば突き返される。これが銭を取れる仕事だと感じていた。

とはいえできなかった仕事が、少しずつできるようになってゆくのには満足があった。

安堵《あんど》の気持ちで神田の町並みに入った。

「あれっ」

三河町四丁目の通りで、見覚えのある人物の顔を見かけた。建具職親方小倉屋八十助である。黒板塀に囲まれた、瀟洒な家の裏木戸の前だった。

四角い箱のようなものを抱えていた。進物用の菓子の類《たぐい》か。

「どうしてあんな所に」

呟きが出たが、建具職ならばどこへでも行くかと気がついた。

「いや。八十助さんは隠居だ。仕事ではないぞ」

と思い直した。

「じゃあ何だろう」

立ち止まった。だいぶ離れたところだ。

様子を窺っているとしばらくして、中から六十代半ばの下男らしい老爺《ろうや》が出てきた。八十助が笑みを浮かべて何か言い、老爺に手にあった四角い箱を差し出した。下男ふうは恐縮した顔で受け取った。

豆次郎が何よりも魂消たのは、いつもは仏頂面しかしていない八十助が、笑顔を見せていたことだった。とはいえ知り合いだったら、何の不思議もない。

品を渡した八十助は、少しばかり言葉を交わしてから中に入った。様子を窺ったが、すぐには出てこない。

「まあいいや」

豆次郎は帰路についた。


その日の夕刻、豆腐を買いに出たお鈴は、通りで豆次郎とばったり会った。

「今日はどんなことで、親方に叱られたんだい」

向こうが何か言う前に、憎まれ口を利いてしまった。豆次郎と会うと、悪気はないが、そういう言葉がつい出てしまう。

「何を言っているんだ。今日は、おいらが仕上げた旗本家の土蔵の錠前を、駿河台のお屋敷へ届けて来たんだ」

胸を張った。

「突き返されなくてよかったねえ」

それはよかったと喜ぶべきところが、嫌味になった。どうも豆次郎には素直になれない。

「当たり前だ」

むっとした顔になった。お鈴はそれで行き過ぎようとしたら、豆次郎が言った。

「帰り道、思いがけないところで、八十助親方を見かけたよ」

「へえ。どこでだい」

軽い気持ちだ。関心があったわけではなかった。

「三河町四丁目の、黒板塀の家の裏口でさ」

「そりゃあ」

聞き流すつもりだったが、少しばかり驚いた。話すつもりはなかったが、口に出した。

「あたしはその家を見張っていたらしい吉兵衛さんを見かけたよ」

「何だろう。いつのことだい」

豆次郎は気になったらしい。

「昨日だよ。うちのばあちゃんの話では、その黒板塀の家は、臼杵屋次郎兵衛という阿漕な高利貸しの住まいだっていうことだよ」

「へえ」

二人の隠居が、何かの偶然で同じ建物に近づいた。

「でもさ。それが何なんだろうね」

豆次郎が首を傾げ、それから笑った。言い出したのは豆次郎の方だが、こちらにとってはどうでもいい話だった。

「そりゃあそうだ」

お鈴も笑って、別れた。そんなことより豆腐を買うことの方が大事だった。売り切れていたら、お絹に何を言われるか分からない。

六

翌日の午後、お鈴はお絹に命じられて、神田界隈の借り手から利息を受け取るため、六軒を廻った。金額を記し、お絹が署名した受取証も六枚用意していた。

「はいよ。遅れると怖いからね」

気持ちよくとはいかないが、覚悟をしているからか、一軒目の青物屋ではお鈴の顔を見るとすぐに銭を出した。月ごとに受け取りに行っているから、親仁はお鈴の顔を覚えていた。

出さなければ、その日のうちに銭を手にしたお絹がやって来る。

二軒目は裏長屋だ。借り手は版木の半端職人で、家で仕事をしている。受け取るのは百文足らずの額だが、お絹は一文でもおろそかにはしない。

「おとっつぁんはいないの」

長屋の戸の外に出て、頰にそばかすがある七歳くらいの女の子が言った。五歳くらいの青洟を垂らした男の子がしがみついている。不安そうな眼差しで、お鈴を見上げていた。

この日は、前から支払日だと分かっている。取り立てがあると分かっていて、姿を消したのだ。

「どこへ行ったの」

「知らない」

姉弟《きょうだい》は閉めた腰高障子を塞ぐように立っていた。

「いつ戻って来るの」

「わからない」

女の子の顔は強張り、下の男の子は、ちらちらと腰高障子の取っ手に目をやっている。

「そうか。父親は中にいるのか」

お鈴は察した。払いたくないから、居留守を使っているのだ。追い返す役目を子どもに押し付けた。この家には、母親はいない。逃げられたと聞いていた。

「あんたたち、辛い役目だねえ」

二人の子どもの頭に、労《いた》わる気持ちで手を乗せた。泣きはしないが、女の子の顔がわずかに歪んだ。

幼い子どもたちだって、事情が分かる。居留守の手伝いなどしたくはないのだ。お鈴は閉じられた腰高障子の向こうに声をかけた。

「もう一回りしてから、来ますよ。そのときには、ちゃんといただきますからね」

言い残すと長屋の前から離れた。傾いた木戸門の外に出た。しかしどこへも行かず、物陰に隠れた。

子どもたちが入った腰高障子に目をやった。

すると案の定、居留守を使っていた版木職人の父親が現れた。逃げるつもりらしい。

飛び出したお鈴は、その前に立ち塞がった。

「駄目だよ、逃げられやしない」

「ああ、抜け目がねえな」

職人は大げさに言って、肩を落とした。

「そりゃあ、あんたの方だろう。子どもを使うなんて、卑怯じゃないか」

腹が立っていた。

「いや。こいつらに、おまんま食わせねえと」

同情を引くようなことを口にした。

「だったら出かけないで、彫りかけの版木をさっさと仕上げればいいじゃないか」

腰高障子が開かれていて、中には彫りかけの版木と木屑が散らかっているのが見えた。

「来ることは分かっていたんだろ。さっさとお出しよ」

「さすがは銊ばばあの孫娘だ。おっかないねえ」

何を言われようとかまわない。今月分の利息を取り上げた。

三軒目では、敷居を跨ぐと待っていたように主人が銭を出した。

「これから何とかしてくるから、待っていてもらうよ」

四軒目の長屋では、若い女房からそう言われた。そして生後三、四か月の赤子を押し付けられた。薬種の振り売りをしている亭主の姿はない。

手拭いに包んだ何かを持って、ちびた下駄で出て行った。質屋へでも行ったのか。他には誰もいなかった。

なかなか戻って来ない。

「よしよし」

あやしていると、ついに泣き出した。揺すってもあやしても、まったく泣き止まない。こちらの方が泣きたくなった。

「これはおむつだよ」

隣の婆さんが顔を出した。いつまでも泣き止まないので、出てきたのだろう。言われて手を入れてみると、確かに濡《ぬ》れている。

「おしめは、あそこにあるよ」

婆さんは顎をしゃくった。お鈴に替えろと告げていた。初めてのことだ。寝かせて、恐る恐る替えた。

濡れた温かいおしめのにおいが、もわっと鼻にまとわりついた。

替え終わったところで、女房が戻って来た。息を切らせている。

「済まないね。手間をかけさせて」

差し出した八十一文は、手の汗で濡れていた。先ほどの何かを包んでいた手拭いは、腰に差し込まれている。中のものはなかった。ずいぶん待たされた気がしたが、これでも女房は精いっぱい急いだのだ。

「ありがとうございます。確かに受け取りました」

受取証を渡した。

六軒を廻り終えると、夕方になっていた。すべて受け取ることができてほっとした。

お鈴は鎌倉河岸《かまくらがし》に近い、三河町一丁目を歩いていた。

すでに酒を飲ませる店が、軒下の提灯に明かりを入れている。暖かくなって、各店の出入口の戸は開けたままになっている。談笑する声が聞こえて、何気なく中を覗いて立ち止まった。

「あれは」

馴染の顔を見かけたからだ。味噌醤油問屋の隠居三春屋忠右衛門だった。

そのまま通り過ぎようとしたが、足が止まったのは、忠右衛門の顔が見えたからだけではなかった。それだけならば、どこで飲んでいようと勝手だ。

引っかかったのは、飲んでいる相手だ。三十歳前後の浪人者で、人相もよくなかった。

「何で」

堅気の店の隠居が関わる相手とは思えない。忠右衛門はいつも、茶を飲みながら、吉兵衛や八十助と将棋会所で勝負に打ち興じている。それがぴったりの老人だ。居酒屋で飲むこともあるが、相手はおおむね決まった二人とだった。

「おかしい」

立ち去りにくくて、暗がりから中を見ていた。そして少しすると、二人は居酒屋から出てきた。酒肴の代を払ったのは、忠右衛門だった。

通りに出ると、忠右衛門は改めて丁寧に頭を下げると、浪人者から離れた。浪人者は、反対の方向へ歩いて行く。お鈴は、とっさに浪人者をつけた。

不気味で、少し怖かった。距離を空けて歩いた。

着いた先は、三河町四丁目の臼杵屋次郎兵衛の住まいだった。

この家の前で、お鈴はつい先日吉兵衛の姿を目にした。そして豆次郎は、八十助を見かけている。

浪人者は声掛けをすることもなく格子戸を開けて中に入った。

そのとき向かいの家の女房らしい者が通りにいたので、浪人者について問いかけた。

「今のあのご浪人は、臼杵屋さんの用心棒ですよ」

という返事だった。

「これはいったい」

初めて胸が騒いだ。仲のいい吉兵衛と八十助、そして忠右衛門の三人が、高利貸しの臼杵屋に近づいている。

「きっと、何かがある」

呟きになった。相手は高利貸しで、その用心棒まで出てきた。何やら気味が悪い。

七

松枝町の家に戻ったお鈴は、今日目にしたことと、昨日豆次郎が目にした八十助のことを、お絹に話した。

「昨日までは何とも思わなかったけど、三人もとなると、何だか不穏な気がして」

お鈴は、胸に浮かんでいるものを伝えた。

「あの三人は、無暗なことをする人たちじゃあないけど、組んで何かを企んでいるかもしれないね」

お絹の意見だ。やはり異変を感じるらしかった。

「何をするのかしら」

「相手は、人の皮を被《かぶ》った獣だからねえ」

「まさか押し込もうとか」

「いくら何だって、そこまではないだろうけど」

お絹は首を振ったが、馬鹿馬鹿しいと笑い飛ばしたわけではなかった。三人とも、近隣の住人であるお絹とは、何十年にもわたる付き合いをしている。ときに悪しざまに言うこともあったが、関係を切ったわけではなかった。

半年前に吉兵衛が風邪をこじらせたとき、お鈴に卵を持たせて見舞いに行かせたのには驚いた。

「でも、何かいけないことをしようとしているならば、ばあちゃんが止めないと」

「駄目だよ、ただ口で何を言ったって」

「どうして」

「分かったって、答えるだけさ。あいつら、あんたが思うよりもしたたかだよ。爺《じじい》の分だけさ」

本気で何かをしようとしているならなおさらだ、と言い足した。

「でもどうして臼杵屋なのかしら。阿漕な金貸しだっていうのは分かるけど、そういう人は他にもいそうだけど」

お絹を見詰めた。

「何だい。あたしのことを言っているのかい」

睨まれた。本当に怒っている。

「違う違う。次郎兵衛というのは、本当に酷いやつなんでしょ」

「そうだよ。あいつは、返せないと分かっていても、家や娘を売らせるつもりで貸すんだ。始めは仏面《ほとけづら》でね」

「銭を見せるばあちゃんは、始めが怖いね」

「それであいつは、返そうとしても、まだいいって言うんだ。利息分は元金に繰り込まれるから、返さなければならない金高はあっという間に膨れ上がるよ」

「確かに酷いね」

お絹は、返したいと言われたら、すぐに金子を受け取って証文を書き換える。貸金が大きくならないようにしていた。

「なるほどね」

お絹の言うことはよく分かった。けれども腑《ふ》に落ちないことがあった。

「でもさ、吉兵衛さんや忠右衛門さん、八十助さんたちは、臼杵屋に何かをされたわけじゃあないと思うけど」

ならば、わざわざ何かをする必要もない気がした。

「隠居して、何もすることがないからだろうか」

「まあ、あの人たちは暇だろうけど。でもそれだけじゃないかもしれないよ」

お絹は何かを思い出す表情になった。

「何かあったの」

「ずいぶん前だけどね、吉兵衛に九両を貸したことがあった」

「へえ。そんなに」

倅の貞造が先日借りに来たが、美濃屋は前から順調な商いをしていると思っていた。

「でもそれはね、次郎兵衛に嵌められたからなんだ」

「恨みがあるっていうことだね。他の二人はどうだろう」

「そういえば、八十助も何かあったような気がするけど」

「恨むようなことなの」

「はっきりは覚えてなんかいないさ。でもあいつは女々しいやつだから、根に持っているかもしれないよ」

するると吉兵衛と八十助が、次郎兵衛に恨みを持っていることになる。

「じゃあ、忠右衛門さんは」

「さあ。それは知らないけど、二人がやると言ったら付き合うかもしれないね」

「今は、縁の切れない仲間だもんねえ」

それから少しばかり、お絹は案ずる様子をしてから口にした。

「阿漕な高利貸しを、ちょっと懲らしめてやるだけならばいいけど」

「そのつもりかもしれないよ」

「でもねえ。臼杵屋は、それでしゅんとする玉じゃないよ」

「…………」

「かえって吉兵衛さんたちがどうにかなったら、困るじゃないか」

他人のことを慮《おもんぱか》るお絹の言葉を、お鈴は初めて聞いた。

「ばあちゃん、困るの」

意地悪のつもりで訊いてみた。

「当り前じゃないか。からかう相手がいなくなる」

それで、話を元に戻した。してもしょうもない話だ。

「じゃあ、どうすればいいのさ」

「まずは何をしようとしているのか、そこんところを探らないと」

意外にまともな返答だった。

「じゃあばあちゃんが、それとなく訊いてみたらいい」

「あんたは本当に、頭が悪いねえ」

嘆かわしいと言った口調で言われて、むっとした。ただそれはいつものことだ。

「…………」

「あたしが訊いて、偏屈なあいつらが企み事を言うわけないじゃないか」

「じゃあ、誰が訊くのさ」

あからさまに言われて、お鈴は不機嫌に返した。

「あんたに決まっているだろ」

「どうしてあたしが、そんなことを」

それこそおかしな話だと思った。

「あんたが臼杵屋のことに気づいたんだ。あんたが始末するしかないじゃないか」

無茶な言い草だとは思うが、お絹の言葉を理屈で返しても意味がない。探るしかなかった。

気にもなっていたから、知らぬふりはできない。


翌日、お鈴は畳職の美濃屋へ行って、まずは顔見知りの見習い職人に訊いた。

「ご隠居さんに、変わった様子はありませんか」

「さて、いつもと変わらない気がしますけどねえ」

他の職人に訊いても、同じような返事だった。

「そもそも何をしているかなんて、気にも留《と》めないからねえ」

ろくに話もしないそうな。今もどこにいるかなど誰も知らないとか。

「何で話をしないのさ」

砕けた調子で訊いてみた。ここだけの話という意味だ。

「すぐに叱るから」

触らぬ神に祟《たた》りなし、ということらしかった。まあお鈴にしても、お絹に余計なことを口にして、こっぴどくやられるのは嫌だ。

そういうときは、近寄らないようにした。

今の親方がいて、職人がそれなりに働けていれば、わざわざ面倒くさい隠居と話す必要はないというところだろう。

現親方である貞造には十歳と八歳の倅がいる。なかなかに腕白な子どもだ。近所の子をよく泣かしていた。

たまたま裏口近くにいたので声をかけた。

「じいちゃんが何をしているかなんて、知らないよ」

「でも、一緒に暮らしているじゃないか」

「暮らしていたって、話なんてしないもん」

「どうして」

「うるさいじゃないか、いろいろ」

それで行ってしまった。遊びたい盛りだ。吉兵衛は、孫にも相手にされていない様子だった。

八

お鈴は美濃屋の次に、味噌醬油問屋の三春屋へ行った。顔見知りの手代と小僧に、忠右衛門について話を聞いた。

手代にしても小僧にしても、さして親しくはないが、お絹の孫だと知っている。岡っ引き倉蔵の親しい縁者だから、多少の遠慮はする。

「ご隠居様は、時折お店にお出《いで》になります」

「いろいろ何か、細かいことを言うの」

「それはないですね。いるだけで、睨みを利かせます」

「じゃあ、お店にとってはいいことじゃあないか」

「まあ」

話し相手の手代は、苦笑いをした。その笑い方が、お鈴には引っかかった。口にしたことは、本心ではないような。

「本当にそうなの」

「もちろんですよ」

どうもおかしい。そこで一軒置いた隣の乾物屋の娘を呼び出した。二つ歳上だが、お鈴とは幼馴染だ。

「三春屋のご隠居さんは、ずいぶん厄介がられているようだけど。番頭さんや手代さんから、煙たがられているってことなの」

お鈴が鎌をかける。

「そうだと思うよ。うるさいから」

手代仲間で、愚痴が出たらしい。

「そういうときは、どうしているんだろ」

「そりゃあ、近寄らないようにするんじゃないかね」

「なるほど」

「あんただってそうでしょ」

にやりと笑った。お絹のことを言っている。

「歳を取ると、そうなるのかしら」

お鈴も笑った。否定はしない。

「うちのじいちゃんも、うるさいけどね」

ただ乾物屋の隠居は、代替わりしてまだ間もない。だから商いについては、頼らなくてはならない場面もあるそうだ。

「忠右衛門さんは、四年くらいになるね」

「それだけあったら、商いの様子も、やり方も変わるだろうから、昔のつもりで口出しをされたら面倒かもね」

「それはそうだよ」

長年店を支えてきた人でも、忠右衛門はすでに、いなくてはならない人ではなくなっている。邪険にはされないが、相手にもされない。それは寂しいかもしれないと、お鈴は思った。

女房と不仲なのは、近所でも知られている。かつてはいろいろやり合ったらしいが、今は何もない。亭主について何か言うときの口ぶりは冷ややかだ。

争うこともなくなったということか。

両親を亡くしたとき、お鈴は一人ぼっちになったと思った。そこへ祖母となるお絹が迎えに来てくれると聞かされた時は、ほっとした。けれどもやって来たお絹は、少しも嬉しそうではなかった。

仕方がないという顔は、子ども心にも分かった。ただ邪魔にもされなかった。始めは居心地が悪かった。人の心に、蓋はできない。

まともに相手にされない事情が己にあるとしても、忠右衛門にしたら面白くないだろう。どこかで憂さを晴らしたいに違いない。

最後は、建具職の小倉屋へ向かう。ここの主人清七は婿で、確か四年くらい前に代替わりをしたはずだった。吉兵衛や忠右衛門と同じ頃だ。

まず顔見知りの職人に尋ねたが、あたりさわりのないことしか口にしなかった。八十助はすでに女房を亡くしていて娘がいるが、女手が足りなくて、台所の用などをする通いの女中を雇っていた。

この女中にも声をかけた。饅頭を買っておいて渡した。

「いつもは仕事の口出しをしないみたいだけど、何日か前には旦那さんとやり合っていて、びっくりしましたよ」

木材がどうとか言っていたが、話の中身は分からない。ただ珍しかった。清七は婿だから、たいていは下手に出る。

「それで」

「間におかみさんが入って、収まったんですけどね」

「八十助さんは」

「二日くらいは、面白くない顔をしていました」

「誰かが、慰めないのかしら」

「さあ。外でうまくやっているんじゃないですかね」

八十助が、どこかで女遊びをしたという噂は聞かない。とはいえ確かめたわけではなかった。

吉兵衛と忠右衛門、八十助の三人は、将棋好きで会所を溜まり場にしている。

お鈴は将棋会所にも行ってみた。

「いろいろ喋《しゃべ》っているけどねえ。年寄りの愚痴なんで、いちいち聞いちゃあいられませんよ。切りがないから」

いつものことだそうな。

それからお鈴は、大叔父の倉蔵のところへも行った。

三人の老人についての不審と、それについてのお絹の言葉などを伝えた。倉蔵も隠居はしていないが、近い歳だ。

「なるほど三人にしたら、無念の日々を過ごしているのかもしれねえな」

「界隈には他にも同じくらいの歳のご隠居はいると思うけど」

「いるけどね、親しいわけではない。あいつらは、だいぶ偏屈だ」

偏屈はお絹も同じだと思うが、口には出さない。

「何かしようとしているのは間違いないよ」

「そうだな。ただ相手が臼杵屋というところが剣呑《けんのん》だ」

「手が後ろに回るようなことでなければいいけど」

「そこは、当たった方がいいかもしれねえな」

岡っ引きの顔になった。

九

翌朝、二人分の洗濯を済ませたお鈴は、松枝町の家を出た。三河町四丁目に向かう。

道々、躑躅《つつじ》や藤が花を咲かせているのを目にした。気持ちが少し和む。

「臼杵屋については、次郎兵衛を探るよりも、下男の爺さんや用心棒の動きを探った方がいいよ。吉兵衛たちは、そこに近づいているわけだからね」

出がけにお絹が言った。八十助は、下男に菓子折りのようなものを渡していた。お鈴は、美濃屋の前を通った。顔見知りの小僧が、できたばかりの畳を荷車に積んで運ぼうとしていた。それで声をかけた。

「ご隠居さんは、お変わりないですか」

「そうですね。今日もどこかへお出かけになりました」

と返された。

味噌醤油問屋の三春屋も覗いたが、忠右衛門の姿はない。そこで建具の小倉屋にも足を向けて小僧に訊いた。

「ご隠居さんは出かけましたよ」

と返された。

「仕事の鑿を持ってお出かけになりました」

「何かに使うのかしら」

「さあ。仕事ではないはずですが」

すでに八十助に出番はない。将棋会所を覗いたが、三人の姿はなかった。

「まさか、もう襲いにでも行ったのか」

と心の臓がどきりとした。八十助が鑿を持って出たのなら、吉兵衛は太い畳針を持って出たかもしれない。

同じ時ではないが、二人はそれで暴れる破落戸を取り押さえたことがあった。今度は何かの企みに使うかもしれない。

急いで三河町四丁目に急いだ。けれども臼杵屋には、何の変わりもなかった。ほっとした。

見ていると、しょんぼりした商家の主人らしい男が出てきた。金を借りに行ったところらしい。どうやら借りられなかった模様だ。

次郎兵衛も、誰でもかまわず貸すわけではない。搾り取れないと踏めば、相手にしないのだろう。

お鈴は、現れた主人ふうに話しかけた。

「臼杵屋には、何か変わった様子はありませんか」

「さあ、ろくにこちらの話も聞かなかったけど」

不満そうだ。とはいえ、愚痴を聞くために声をかけたのではない。

「用心棒のご浪人はいましたか」

確かめたいことを訊いた。

「そういえば、いたような」

ならば三老人は、まだ何もしていない、と気がついた。こちらの取り越し苦労なら、それでいい。

主人ふうはそのまま行こうとしたので、お鈴は声をかけた。

「お金を借りられなかったのですか」

予想はついていたが、訊いてみた。余計なお世話だとされたら、それまでと思いながらのことだ。

「まあ」

「ならば他で借りたらいいんじゃないですか」

「あればねえ」

ため息を吐いた。

「ならばうちのばあちゃんならば、多少の用立てはしますよ。もちろん利息はいただきますけどね」

住まいの場所と、お絹の名を教えてやった。行かないならばそれでいい。

鉞まで持ちだすお絹のやり方に疑問はあるが、借りる者があっての金貸し業であることは分かっていた。金貸しが悪いとは思っていない。

臼杵屋から借りるくらいならば、お絹から借りる方がはるかにいい。用心棒を置いておくような店だ。こちらが知らないだけで、血なまぐさいこともあるのかもしれなかった。

商家の主人ふうと別れたお鈴は、近くの舂米屋《つきごめや》へ行った。小僧に小銭をやって尋ねた。

「臼杵屋さんへ、米を売っていますか」

「ええ、お客さんですよ」

「あそこは、たくさん食べますか」

「まあ。五人いて、お武家さんもいますから」

次郎兵衛夫婦と下男の老人夫婦、それに前澤《まえざわ》という浪人者の五人だ。その五人に変わった様子はないかと訊いたが、「ない」と答えられた。

その後、酒屋で聞き込む。次郎兵衛夫婦と前澤は酒を飲むと分かったが、それだけのことだった。

さらにお鈴は、忠右衛門と用心棒前澤が酒を飲んでいた三河町一丁目の居酒屋へ足を向けた。まだ商いは始まっていなかったが、掃除をしていた女中がいたので、小銭を与えて訊いた。

「ああそういえばこの頃、商家の旦那さんとご浪人様がお見えになっていますね」

昨日も含めて三回くらいだとか。それまではなかった。妙な取り合わせなので覚えていたという。

「どんな話をしていましたか」

「さあ。他にもお客さんはいたからねえ」

「でも、何か言葉の端くらい、思い出せませんか」

昨日の今日だ。聞き込みの手掛かりが欲しかった。

女中は首を捻ってから言った。

「そういえば、灌仏会《かんぶつえ》の話をしていたっけ」

灌仏会は、釈迦《しゃか》の誕生日とされる四月八日に行われる。一向宗《いっこうしゅう》を除く寺では華やかに飾った花御堂《はなみどう》に安置された誕生仏に甘茶を注ぐことで仏を供養し、子どもたちの健康を祈る行事とした。花まつりともいった。

それ自体は、どうとも思わなかった。祭りの日が迫っているから、話題にしたのだろうと受け取った。灌仏会を話題にする者は少なくない。

それで居酒屋からは引き上げた。そしてまた臼杵屋の近所で聞き込みをした。すると吉兵衛や忠右衛門らしい隠居ふうが、臼杵屋に関する聞き込みをしていたことが分かった。

「なかなかに、念入りだねえ」

吉兵衛らの動きの一端は窺えたが、他に特別な聞き込みの成果は得られなかった。それで家に帰った。

お鈴は早速、聞き込んだ内容をお絹に伝えた。

「そうかい、灌仏会の話をしたのかい」

「はい。もうじきですから、話になったのだと思います」

そう答えると、お絹は呆れた顔をした。

「本当にあんたは、間抜けだねえ。人の半分も仕事ができない」

とやられた。嘲笑う顔で、むっとした。

「じゃあ、臼杵屋夫婦が灌仏会にどうするかを、近所で聞き込まなかったんだね」

そう迫られて、どきりとした。

「まあ」

返す言葉に力がなくなった。

「だから言うんだよ。あんたは半人前だって」

半人前と言われるのが、一番嫌だ。役に立たない半端者と告げられた気がする。引き取ってくれたお絹のために、自分は炊事や洗濯、掃除だって精いっぱいやってきた。それらは何一つ認められないのかと、悔しい思いになる。

とはいえ、お絹が灌仏会にこだわる理由が分からなかった。

十

四月八日の朝、お鈴は表通りに出た。家にいるときから、子どものはしゃぐ声が聞こえていた。

灌仏会の甘茶を貰いに行くということで、子どもたちははしゃいでいた。親の手を引っ張って行く。

甘いものなどめったに口にできないから、嬉しくて仕方がないのだ。自分が貰う前になくなったらたいへんだと気持ちが急くのだろう。お鈴にも覚えがあった。

お鈴はまず、八十助の家に行った。

「出かけましたよ。今日は酒を飲んでくるので、遅くなるという話でした」

娘のおあきが、面倒くさそうに言った。何をしていようと、どうでもいいわけか。

灌仏会の日は、それをダシにして酒を飲む者は少なくない。八十助も、毎年その口だったのだろう。

次は忠右衛門の三春屋へ行った。

「そういえば、出て行ったみたいですね」

行き先を忠右衛門に尋ねた手代や小僧はいなかった。女中に訊くと、夕食はいらないと告げたそうな。

そして吉兵衛の美濃屋へ行った。

「お出かけになりましたよ。でも夕方には戻るとか」

初めて、帰りの刻限が、はっきり伝えられた。

「じゃあ、もう出かけないわけか」

「いや、そうではないですね。三春屋さんや小倉屋さんのご隠居さんたちと、離れで酒を飲むそうです」

珍しいことではない。吉兵衛の住まいは離れなので、気軽に飲める。そこで月に一度くらい、三人で集まっていたとか。灌仏会のような何かがあるときには、さながら酒宴となる。

仕出しの料理を取って、酒を持ち込む。

「どんな様子ですか」

「知りませんよ。誰も覗きもしない。酔っぱらって絡まれたら、面倒ですから」

来たときと、帰るときに顔を見るくらいだとか。お鈴はそれだけ聞いて、家に戻りお絹に伝えた。

宙に放り上げられた鑿がくるりと回って落ちてきた。磨き抜かれた刃先に、明かり取りの窓から差し込む折からの陽差しが跳ね返った。

八十助はその柄を摑むと、刃先を忠右衛門の喉首に当てた。

「す、すごいではないか」

生唾を吞み込んだ忠右衛門が言った。身動きできない。動けば刃先が、首筋に食い込むからだ。

「衰えてはいないな」

「まあ。あれから毎日、腕は磨いた」

吉兵衛の言葉に八十助は答えた。口元に嗤いを浮かべている。三春屋の味噌醬油を入れる倉庫の中だ。

今日明日は品の出し入れがないから、三人はここに集まった。隠居の老人が鑿や畳針を振り回す姿を、人に見られてはならない。

「おれの針だって、なかなかのものだぜ」

そう言ってから吉兵衛は、懐から革製の細長い袋を取り出した。中には、磨き抜かれた太い畳針が五本入っていた。どれも手入れが行き届いている。

「やっ」

吉兵衛はそれを、醬油樽に向けて投げた。太針は樽の中心に突き刺さった。

「これも見事だ」

「まあ」

忠右衛門の言葉を、吉兵衛は満足気な顔で受けた。

「それに今宵《こよい》は、用心棒の前澤はいないし、次郎兵衛夫婦も留守だ」

「いるのは、下男夫婦だけだ」

吉兵衛に続いて、忠右衛門が言った。

「今度の聞き込みでは、用心棒の前澤と下男から話を聞けたのは上出来だった」

「そうよ。おれは臼杵屋の仕事をしたことがあったから、あそこの下男とは顔見知りだった。近づくのは容易かった」

「甘いもの好きの女房がいたのは幸いだったな」

「落雁《らくがん》を与えたら、いちころだった」

見張っていて、出たところを偶然出会ったように、八十助は声をかけた。少しばかり話をした翌日、臼杵屋の下男を訪ねたのである。落雁ひと箱で、臼杵屋の暮らしぶりを知ることができた。

「高い菓子など、食べたこともなかっただろう」

忠右衛門が愉快そうに口にした。

「おかげで次郎兵衛夫婦が、灌仏会の夕方からは留守にすることが分かった」

夫婦は阿漕な高利貸しのくせに、信心深いところがあった。小石川伝通院《でんずういん》の花御堂に出向き、灌仏会を祝い、祈願の両手を合わせる。その後夫婦は門前の料理茶屋へ行って、同好の者たちと酒宴を行う。

門は門《かんぬき》をかけて、誰も入れない。留守番は下男夫婦だけだ。

「用心棒の前澤も、料理茶屋へ一緒だというのを聞き込んだのは、私ですよ」

忠右衛門が胸を張った。臼杵屋から金を借りたいとして、前澤に近づいた。そのために事情を聞かせてほしいと頼んだのである。

「面白くもない話に相槌《あいづち》を打って耳を傾け、聞きたいことを知るのに三回も飲んだ」

「それにしても次郎兵衛のやつ、夜に出るのに用心棒をつけるというのは、用心深かすぎはしないか」

「襲われるかもしれないと、怖れている。それくらい阿漕な真似をしてきた証《あかし》ではないかね」

「違いない」

忠右衛門と吉兵衛は頷き合った。そして八十助は言った。

「あの裏木戸だがな、修理してやると告げて、ちょいと強く押せばすぐに外れるように細工をしてきたぞ」

「それは上出来だ」

「ただ下男の夫婦を傷つけてはいけない」

これを口にしたの吉兵衛だ。

「分かっているさ」

八十助は頷いた。こちらは顔を布で覆っている。二人を押さえつけて、声を出せなくしてから縛ってしまう企みだった。とはいえ人を傷つけることはしない。

「少しばかり窮屈な思いをさせるが、そこは堪えてもらおう」

その上で、銭箱から金子を奪う。

「せいぜい、十両か二十両でよかろう」

「あいつならば、百両や二百両はあるのではないか」

吉兵衛の言葉に、忠右衛門が返した。

「そこまでやることはない。一泡吹かせてやればいい」

「いかにも。そのくらいの額ならば、あいつ町奉行所へ届けないのではないか」

「なるほど。その程度の金で、町奉行所からの調べが入っては敵《かな》わないだろうからな」

忠右衛門はわずかに惜しそうな顔をしたが、吉兵衛と八十助の言葉に従った。言い出したのは八十助で、吉兵衛がそれに乗った。忠右衛門は、二人に付き合う形だった。

「叩けば、いくらでも埃《ほこり》が出てくるやつだ」

三人で笑った。

「しかし慌てるだろうな」

「いい気味ではないか」

「人知れず、悪さをするというやつだな」

忠右衛門は、悪戯《いたずら》を企む少年のようだ。

「では、暮れ六つ（午後六時）になる前あたりに、美濃屋の離れで会おう」

「なるべく、職人たちに会うようにしてな」

八十助の言葉に、吉兵衛が応じた。これで三人は別れた。


暮れ六つの鐘がそろそろ鳴る頃だ。まだ灌仏会の賑わいのある通りを歩いて、八十助と忠右衛門は美濃屋の離れに顔を見せた。目立たない、黒っぽい着物を身に着けていた。店の敷居を跨いだところで、八十助と忠右衛門は店の奉公人に話しかけ冗談を口にした。

離れの部屋には三人分の料理の膳が並んでいて、酒もあった。

「まずは一杯ずつ飲もう。気付けだ」

「おお、そうだな」

吉兵衛が言うと、八十助が応じた。酒を注ぎ合った。

三人は一気に飲み干した。

「では行くぞ」

物音を立てないようにして、離れから庭に出た。部屋の明かりは灯したままだ。

吉兵衛は、呼ぶまで離れ家には来るなと家の者に伝えていた。もともと何をしていようと気にすることはないから、いなくなっても誰も分からないと踏んでいた。

裏木戸から外へ出た。閂はかけない。

用を済ませて戻って来たら、三人は何事もなかったように酒盛りを始める。飲み終えたら、美濃屋の者に声をかけて忠右衛門と八十助は引き上げる。

すっかり薄闇に覆われているが提灯を手に進む。三人は言葉を交わすこともなく、暗がりを歩いた。吉兵衛は、心の臓がどきどきするのを感じた。まるで心の臓が、躍っているようだった。

「厄介者としか扱われないおれたちでも、これだけのことができるんだ」

胸の内で呟いた。

全身が痛いほど高揚した気持ちになるのは、もう十年以上もない。他の二人の顔もどこか火照っていて、同じ気持ちなのだろうと察せられた。

また歩いている途中で、誰かに声をかけられるのではないかと怯えた。高揚感と同じくらい、怖れる気持ちもあった。

三河町四丁目の通りに入ったところで、手拭いを頭からかぶって顎で結んだ。商家より職人の家が多いので、人通りは少なかった。

臼杵屋の裏木戸の前で、三人は立ち止まった。薄闇の中で、これから押し入る建物が生き物のように息を潜めている。吉兵衛はそんな気持ちになった。

「しくじることは万に一つもない」

自分に言い聞かせた。次郎兵衛夫婦も用心棒の前澤もいない。怖れることは、何もないのだ。ここで暮れ六つの鐘が鳴った。

吉兵衛は周囲に目をやった。暗がりの道に人気《ひとけ》はない。とはいえ緊張はあった。心の臓の動きが激しくなるだけでなく、腹の奥も熱くなった。

たとえ相手が阿漕な金貸しではあっても、他人の家に押し込むなど初めてだ。それは忠右衛門も八十助も同じはずだった。

三人は顔を見合わせた。裏木戸に手をかけた八十助が、固唾を呑んだのが分かった。たとえ門がかけられていたとしても、強い力で押せば開く。

だがそのときだ。

「おやめ」

抑えているが、強い意志のある女の声が背後からした。びくりとした八十助の手が止まった。

三人は振り向いた。

「それを壊したら、あんたらは盗人の一味になるよ」

姿を現したのは、お絹だった。そこには、お鈴と倉蔵の姿もあった。お鈴の持つ提灯の淡い明かりが、一同の顔を照らした。

お絹は鉞を握っていて、場合によってはそれで襲ってくる気迫さえ示していた。

十一

暮れ六つの鐘が鳴った。美濃屋を見張っていたお鈴は、忠右衛門と吉兵衛の二人が店に入るのを確かめた。奉公人からも訊いて、離れに集まったことを確かめた。

そこで松枝町の家に駆け戻り、待ち受けていたお絹と倉蔵に伝えた。

「やっぱりね。あいつら、裏から抜け出すよ」

聞いたお絹は言った。

「じゃあ、行こう」

お鈴は、お絹と倉蔵と共に三河町四丁目へ向かった。臼杵屋周辺の暗がりに身を潜めた。お絹は、鉞を入れた袋を抱えている。

「あいつらを、罪人にするわけにはいかないからね」

呟きを、お鈴は耳にした。これがお絹の気持ちだ。

「でも次郎兵衛さん夫婦も用心棒もいないなら、うまくいくかもしれない」

お鈴は、わざと口にした。

「馬鹿をお言いじゃないよ。気づかれずに済んだって、盗みは盗みじゃないか」

お絹は貸した金の返済のためには、家や土地だけでなく娘も売らせる。けれどもそれは、借用証文に記されている場合だけだ。それがお絹の、銭に関する考え方だ。

またもし押し込もうとする者が、吉兵衛や忠右衛門、八十助でなければ、知らぬふりをしただろうとお鈴は考える。善意や正義感だけで動く人ではない。

臼杵屋へ押し込もうとする三人は、同じ界隈で何十年も共に過ごしてきた者たちだった。それなりの思いがあるから、押し込みなどさせたくはないのだ。

鉞を振るっても、止める覚悟だと分かる。

待つほどもなく、三人が現れた。表情は見えなくても、歩き方で緊張が見て取れた。

お鈴は息を吞んだ。

八十助が、裏木戸に手をかけようとした。そこでお絹が声をかけた。

「おやめ」

これを合図に、お鈴は手にあった提灯に明かりを灯した。

驚きと緊張、狼狽《ろうばい》した三人の老爺の、蒼ざめた顔が浮かび上がった。磨かれた鉞の刃が、提灯の明かりを跳ね返した。

押し込ませないぞ、というお絹の覚悟を伝えている。

　吉兵衛が何か言おうとしたが、声にならなかった。お絹が続けて告げた「盗人の一味」という言葉も、胸に刺さったようだ。

「引き上げたらいい。今ここで引き上げたら、何も起こっちゃあいねえわけだからな」

　倉蔵の声は、穏やかだった。そしてお鈴も声に出した。

「ばあちゃんは、じいちゃんたちを、咎人《とがにん》になんてしたくないんだよ。この町で、一緒に暮らしたいんだ」

　これは、お絹の素直な気持ちだと思った。だからお鈴は口にした。三人の老人は、鬼のようになったお絹の顔に目をやった。

　すると三人の体から、力が抜けた。

「そうだな。おれたちはまだ何もしていねえ。引き上げるか」

　吉兵衛は、どこかほっとした声で言った。

「ああ、そうしよう」

「飲み直そう」

　忠右衛門と八十助が続けた。三人の老人は、お絹たちに頭を下げると背中を向けて歩き始めた。皆がいつもより、背中を丸めていた。

　見送るお絹の顔からも、力が抜けたのが分かった。

「あの三人、ちょっと寂しそうだね」

お鈴が言うと、倉蔵が返した。

「そんなことはねえ。あいつらは、自分たちが厄介者だと僻《ひが》んでいたんだ。でもお鈴の言葉で、銕ばばあの気持ちが分かったんだ。あいつらは厄介者ではないとね」

「銕ばばあは余計だよ」

お絹は口を挟んだが、怒ってはいなかった。

「三人で、飲み直せばいいのさ」

倉蔵が続けた。三人の姿は闇の道の向こうに消えた。

「それにしてもばあちゃんは、よく灌仏会の夜に吉兵衛さんらが襲うと分かったね」

お鈴は疑問に思っていたことを訊いた。

三河町一丁目の居酒屋で、忠右衛門と用心棒が灌仏会の話をしていたとは伝えた。しかしそれが襲う日になるとは、お鈴は考えもしなかった。とはいえ灌仏会について、さらに調べなかったことで叱られた。

「それはね、臼杵屋で金を借りようとして出てきた人を、あんたがあたしのところへ寄こしただろ。その人と話したからだよ」

あの商家の主人ふうがお絹のところへ来て、金を借りたことは聞いていた。

「でもどうして」

「あの人は、八日の夕刻にもう一度頼みに来ると話したらしい。そうしたら、次郎兵衛はその日はいないと答えたそうじゃないか」

　そこでお絹は、倉蔵に次郎兵衛夫婦が灌仏会の夕刻以降にどこでどう過ごすかを調べさせた。

「あんたが聞いてきた灌仏会の話だけじゃあ、何も分からないが、留守と重なれば何かあると考えるのが当然だろうよ」

　吉兵衛らも、当然調べていたのだろう。

「なるほど」

　忠右衛門らは、次郎兵衛夫婦や用心棒のいない日を探っていたのだと、お鈴は気がついた。

「それにしてもあんたのすることは、いつも肝心なところが抜けているよ」

「えっ」

「そうじゃないか。臼杵屋から出てきた男にあたしを教えたのはいいとしても、それだけで別れちまった」

「まあ」

「せっかく臼杵屋から出てきた者と話をしながら、それだけで別れてしまうなんて、大間抜けのこんこんちきさ」

　確かにお絹は、やって来た商家の主人ふうから灌仏会の夕刻以降のことを訊き出した。

そこはしたたかな人なのだと認めるしかなかった。

「しっかりおしよ」

銭を袋にしまって、三人で松枝町へ向かった。灌仏会の夜だからか、商家の並ぶ表通りはいつもよりも人が多かった。

歩きながらお絹が、倉蔵に顔を向けて言った。

「今夜は、味噌田楽で一杯やろうかねえ」

お絹は倉蔵の店で飲み食いをするときは、代金を払わない。

「ああ、そうしねえ」

倉蔵が答えた。代金は払われなくても、不満そうな顔は見せない。

姉弟のやり取りを聞いて、お鈴も味噌田楽を食べたくなった。倉蔵が焼いた熱々は、たまらなく美味《おい》しい。

湧いてきた生唾を、お鈴は呑み込んだ。

解　説

小梛治宣

小説を読んでいると、作家によって味の違いを感ずることがよくある。同じ歴史上の人物を描いていても、書き手によって千差万別の味があり、色がある。同様に、小説全体の味わいも、例えば藤沢周平と山本周五郎ではまるで違う。オリジナリティのある、独自の味が感じられればばられるほど、読者はその味に酔わされ、すべての作品をよんでみたくなる。作家の生み出した世界に自らを同化させ、ひとときを過ごすことが実に心地良いものとなるのだ。

だが、そうした心を許せる友のごとき書き手に巡り合うことは容易ではない。というのも、独特の味の出せる作家は、それほど多くはないからだ。というよりも、長きにわたってその味を保ちながら書き続けられる作家は限られる。その希少とも言える作家の一人が、千野隆司に他ならない。

例えば、『髪結おれん　恋情びんだらい』（角川文庫）を読んでみるといい。両親を失い助け合いながら生きる廻《まわ》り髪結の姉妹——お松とおれん。この二人を次々と不幸が襲う。それらを通り抜けた先にあるのは、光なのか、それとも闇なのか。鬼灯《ほおずき》の鉢に恋する男《ひと》の無事を祈りながらも、微妙に揺れる心の内。一つの恋を失ったあとに、次なる恋が、おれんを幸せへと導いてくれるのか。主人公おれんの芯の強さと、その裏側で揺れ動く繊細な心のさまが巧みに描かれ、それがまた作品の奥行きを一段と深くしていた。そこから得られる余韻には得も言われぬものがあり、単発の作品でありながら、シリーズもの数冊を読んだような気分にさせられる。

そこには、まさしく千野隆司の独自の世界が醸成されているのだ。凛《りん》としていながらも優しく、温かい。そして読む者の琴線に触れてくる叙情が漂う、そんな世界なのである。

その世界は、シリーズ化された作品になると、さらに深化してゆく。『おれは一万石』シリーズ（双葉文庫）や、新たな展開に突入した『入り婿侍商い帖』シリーズ（角川文庫）などが、その代表と言えよう。愛読者にとっては、主人公をはじめとする登場人物たちは身内のごとき存在となっているのではあるまいか。

私などは、『出世商人』シリーズ（全五巻・文春文庫）の主人公文吉のことがなんとも気掛かりで、わが子の成長を見守る気持ちで読み進めたものだ。薬種問屋に奉公していた十六歳の文吉は、養父が亡くなったため、家業の艾屋《もぐさや》を継ぐことになった。ところが十両を超える借金があり、限られた時間の中、それを返すべく、蘭方医の調合した新薬の販売に人生を賭けることになる。次々と襲う困難を乗り越え「出世」の道を探る文吉に未来はあるのか？　新薬の開発競争の中で文吉がいかに成長を遂げるのか、彼を蔭《かげ》で支える謎の乞食《こじき》の存在も読者の興味をかき立てながら、物語が進んでいく。

さて、そろそろ本作に筆を進めてみたい。タイトルからも想像できるように、作者のこれまでの作品群と比較してみても、きわめてユニークで毛色の変わった作品と言っていいのではあるまいか。したがって、「面白さ」の質も異なってはいるが、凜としていながらも「優しく温かい」という千野隆司の独自な色合いは、共通していることは言うまでもない。本作では、さらに読む者が思わず微笑《ほほえ》んでしまうユーモアの味わいがほどよく加えられているのだ。そこに、千野ワールドの新機軸を、私は感じたのである。

鉞《まさかり》ばばあことお絹は、孫娘のお鈴の母方の祖母にあたる。お鈴は、九年前の七歳のとき火事で父母を亡くしてから、金貸しのお絹と二人で暮らしている。十歳のときから利息の取り立てに使われているが、今は看板描きを生業《なりわい》としていた。この看板描きというのがまた珍しいのではなかろうか。時代小説の中で看板描きが登場する例は、まずあるまい。だが、実際に江戸時代に存在する職業である。高橋幹夫『江戸あきない図譜』（ちくま文庫）には、こうある。

〈天明（一七八一～八九）以来始まった商売。筆、紙、硯《すずり》、糊《のり》を箱に入れて背負い、江戸府内から近郊までも巡る。茶店、飲食店、髪結床、船宿などの障子、行燈《あんどん》を即刻張り替え、屋号や印、売り物などを注文に応じて書く。その書きようは卑俗だが、一つの書風として喜ばれる。）

お鈴は、道具類を合切袋に納めている。その合切袋が第一話のタイトルになっているわけである。ちなみに、鉞ばばあの実弟で田楽屋を営みながら、岡っ引きをしている倉蔵にお鈴は柔術を学んでいる。これがのちのち役立つことになる。では第一話をみてみよう。

お絹から借金している袋物商いの若狭屋の主人茂兵衛が首吊《くびっ》り自殺を……。借金を苦にして死んだのだと、世間はお絹を「人殺しの守銭奴」と非難。だが、借りたおよそ二十八両の内、二十四両の都合はついており、残りの四両で自害するのだろうか。ところが、銭箱からは集めたはずの二十四両が消えていた。お絹は、自殺に見せかけた殺人で、二十四両を奪った者がいるはずだと推理し、自らの悪評を晴らすためにも、弟の倉蔵に殺しの線で調べるように指示した。孫娘のお鈴がそれを助ける。お絹と倉蔵に、自分を一人前だと認めさせたいお鈴は、疑わしい人物を探り当てるのだが……。瓦版でその因業ぶりを厳しく非難されたお絹の汚名は果して返上されるのか。

第二話では、旗本が鉞ばばあの懲らしめる相手となる。四人連れ立って乱暴をはたらく不良旗本。その中心は、大身旗本の子弟らしいが、いずれも部屋住みの次、三男だろう。町人を相手に難癖をつけて、金銭を強請《ゆす》りとる。あちこちで悪さをしているらしいが、その日は両国広小路で、地回りの大江屋の連中と争いになった末、親分格の侍だけが馬で逃走。その途中で父娘を蹴飛ばし、そのまま逃げ去ってしまった。父親は肋骨《ろっこつ》と足の骨を折る重傷を負ったが、幼い娘は幸いにも軽傷で済んだ。その場に居合わせたお鈴は、成行き上、二人の面倒をみることになってしまう。

父親の治療費まで立て替えるはめになったお鈴だが、貧しい二人暮らしの父娘を捨てては置けない。結局、治療費と生活費に当てるための金子を、お絹から借りることになる。

それにしても我慢ならないのは、父親に重傷を負わせた例の侍だ。お鈴の手元には、侍の落とした印籠がある。そこに描かれた家紋を手掛かりに、侍の身元を突きとめたお鈴は、お絹の知恵を借りて、一泡吹かすことを企《たくら》むのだが……。果して、旗本を強請ることに成功するや否や。胸のすく最後の一幕が、本書の山場とも言えそうだ。

第三話のタイトルにある「灌仏会《かんぶつえ》」とは、花まつりとも呼ばれ、釈迦の誕生日（四月八日）に行われる誕生仏に甘茶を注ぐ行事のことなのだが、それがここではどんな意味をもってくるのか。そこにまず興味が引かれるのではなかろうか。

鉞ばばあは元気に金貸し業を続けているが、隠居した同年輩の年寄りたちは、家に居ても息子や嫁たちから煩《うるさ》がられ、まだまだ矍鑠《かくしやく》としているのに、やることのない日々を送っていた。これは今の世にも通ずるものがあるが、何か世間をあっと言わせてやるようなことをして、自分たちを役立たずのおいぼれと思っているやつらに一泡吹かせてやりたい。そう考えた仲の良い隠居三人が標的として選んだのは、金貸しの臼杵屋次郎兵衛であった。隠居の一人は、かつてこの男に散々苦しめられた恨みがあり、もう一人もこの男の罠《わな》にかかったことがあったので、一泡吹かせる相手としてはうってつけだったのだ。

お鈴が、その三人の内の一人、美濃屋吉兵衛を臼杵屋次郎兵衛の家の前で見かけたのは、彼らが計画の準備に取り掛かっている最中のことだ。しかも一度ならず二度もその姿を目撃したとなれば、不審を抱いても不思議はない。そればかりか、お鈴とは幼馴染《おさななじみ》の豆次郎も、別の隠居の怪しげな行動を目にしたというのだ。

この話を聴いたお絹は、その三人の隠居が何を企んでいるのか探れと命じた。下手なことをすると、逆に三人が危ない目に遭いかねない、と鉞ばばあらしからぬ心配をするお絹は、三人の犯罪を未然に防ぐことができるのか……。

という具合に、新鮮な切り口の三つの話がテンポ良く語られるさまは、名人の落語を聞くような心地良さがある。そう考えると、「合切袋の代金」、「旗本を強請る」、「灌仏会の薄闇」というそれぞれのタイトルが、落語のオチのようにも思えてくる。千野隆司の生んだ新たな、そして魅力あふれる世界を存分に愉《たの》しんでいただきたい。きっと次回作が待ち遠しくなるはずである。

（おなぎ・はるのぶ　文芸評論家／日本大学名誉教授）

本書は、集英社文庫のために書き下ろされた作品です。

集英社文庫

鉞《まさかり》ばばあと孫娘貸金始末《まごむすめかしきんしまつ》

2023年4月25日　第1刷　　定価はカバーに表示してあります。

著　者　千野隆司《ちのたかし》

発行者　樋口尚也

発行所　株式会社 集英社
東京都千代田区一ツ橋2-5-10　〒101-8050
電話　【編集部】03-3230-6095
【読者係】03-3230-6080
【販売部】03-3230-6393(書店専用)

印　刷　図書印刷株式会社

製　本　図書印刷株式会社

フォーマットデザイン　アリヤマデザインストア　　マークデザイン　居山浩二

ISBN978-4-08-744515-2 C0193